駄菓子屋ヤハギ異世界に出店します

Dagashiya Yahagi Isekai Ni Shutten Shimasu

4

長野文三郎

イラスト 寝巻ネルゾ

もくじ

DAGASHIYA YAHAGI ISEKAI NI SHUTTEN SHIMASU

キャラ紹介

ミシェル

魔法研究に熱心な魔女で冒険者としても一流。ユウスケ一途だがヤンデレ気質でたまに暴走する。

矢《ヤ》作《ハギ》祐《ユウ》介《スケ》

駄菓子屋の能力を与えられ、異世界に転移した青年。ルーキー冒険者のために駄菓子屋を営んでいたが、領主もやることになった。

ミラ

冒険者チーム・ハルカゼの魔法使い。おっとりしているがくじ運が強い。

メルル

冒険者チーム・ハルカゼのリーダー。勝負ごとに熱くなりやすいがくじ運が弱い。

DAGASHIYA YAHAGI ISEKAI NI
SHUTTEN SHIMASU

マニ

機械神を名乗る老人。
忘れっぽいが、時折いにしえの機械文明を思い出す。

ガルム

冒険者チーム・ガルムのリーダー。おちゃらけているが一流冒険者を夢見る。

リガール

冒険者チーム・ハルカゼの魔法使い。冒険者として徐々に実力をつけている。

ティッティー

ミシェルの双子の妹。悪女だったが、いくぶんか改心した。マルコと付き合う。

マルコ

冒険者チーム・ハルカゼの前衛。伝説の釘バットで活躍する。ティッティー一筋。

あらすじ

辺境の地ルガンダの領主に任命されたヤハギは、
ミシェルやルーキー冒険者と一緒に開拓に乗り出した。
ティッティーの治癒士としての活躍や、隣領へ支店を出すことにもなり
順調に開発が進んでいくなか、
ヤハギは森の奥で機械神を名乗る老人マニと出会う。
マニは不思議な力でマニ四駆を作り出し、
さらには過去に生み出したジェノスブレイカー〝ゾリド〟を出現させた。
ゾリドを動かせさえすれば開拓は一気に進むと期待がわく。
しかし、マニはボケていてなかなか復活させる方法を思い出してくれない。
なんとか聞き出すことに成功したが、
必要となるエネルギーパックの素材は希少なものも多く、

DAGASHIYA YAHAGI ISEKAI NI SHUTTEN SHIMASU

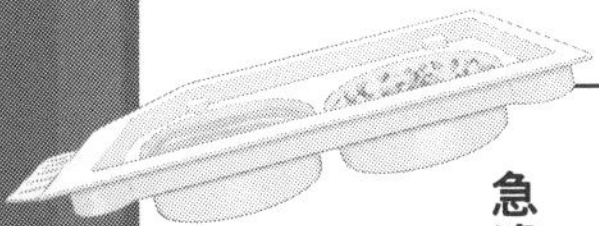

復活させるには雷を直撃させるしかないという困難なものだった。
ゾリドの復活を模索しつつ、周辺地域では珍しい駄菓子や
四市対抗モバイルフォース大会も開かれ、ルガンダは賑わいを増していく。
そしてついに、ミシェル、ティッティー、チーム・ハルカゼや
チーム・ガルムを筆頭に住民たちが協力しヤハギが千里眼の能力も使って、
トラブルに見舞われながらもゾリドを復活させることができた。
ゾリドのおかげでルガンダは急速に発展し、
穏やかに暮らしていたヤハギの元に召集令状が届く。
急遽、領主として戦争に駆り出されることになってしまった。

DAGASHIYA YAHAGI

プロローグ

結論から言ってしまえば戦争はあっという間に終わった。ちなみにこの戦争だけど、人間同士の争いじゃなくて、魔物の軍勢が北から押し寄せて国境線を脅かしたというものである。俺の参戦は遅い方だったけど、はっきり言ってかなりヤバい状況だった。

魔物の中には邪悪なドラゴンや伝説の超巨大トロルもいたんだぜ。俺もこの目で見たけど、トロルの体長は五十メートルくらいあったと思う。国境沿いに設置された万里の長城みたいな壁をヒョイと跨げるくらいの大きさがあったからね。

ただ、そういった魔物のことごとくを人間側は撃破した。人間側っていうか、撃破したのはジェノスブレイカーだ。うん、リモートコントロールで呼び寄せて、敵陣に突っ込ませたんだ。あれはとてつもない強さだったね……。

残念なことにジェノスブレイカーは戦闘で破壊され、二度と動かなくなってしまった。たぶんコアをやられたのだろう。

並みいる巨大モンスターを相手にたった一体で戦ったのだ。それも仕方あるまい。これまでルガンダの発展のためにいろいろと役立ってくれたから残念だ。俺も悲しかった。マニさんも少し寂し

そうだったな。

ジェノスブレイカー大破の報告をすると肩を落としていた。

「ごめんね、マニさん」

「まあよい。ヤハギたちが無事でなによりじゃ。それに地下にはまだゼロクライシスなんかが眠っているはずじゃ。寂しくなったらそれを復活させるとするわい。どこに埋めたかは忘れてしまったがのぉ。ほっほっほっ」

まだそんなのがいるの!?　それは心強いけど、やっぱり少し怖いなあ。ジェノスブレイカーの損失を残念に思う一方で、ほっとしている自分もいた。俺みたいな人間は、大きすぎる力を持つと緊張するのだ。

権力欲なんて欠片《かけら》もないただの駄菓子屋だぜ。過ぎたる武装は似合わないのだ。せいぜい八連発ピストルとか、ムラサメレプリカくらいがちょうどいいのさ。

実際のところ国は俺の謀反《むほん》を疑ったらしくて、ルガンダに調査チームが派遣されたくらいだった。他にゾリドを隠していないかなどを調べたらしい。怪しいものは何も出てこなかったけどね。

そうしたすったもんだがあったけど、俺に対するお咎めはなかった。それどころか、功績のあった臣下に褒美を与えないのはおかしいということで、今度は伯爵にされて、都の高級住宅街に土地まで与えられたぜ。

でもこれはご褒美というだけじゃない。暗に、地方に置いておくのは危険だから基本的には王都に住め、という意味合いが強いようだ。

まあ、転送ポータルを使えばルガンダへはあっという間に帰れるのだ。領地経営に支障は出ないだろう。助役のナカラムさんは有能だし、駄菓子屋の支店もうまくいっている。特に文句はない。

それにさ、与えられた土地の立地というのが最高だった。土地の選定はエッセル宰相が直々にしてくれたそうだけど、さすがだね。本当に俺のことをよくわかっているよ。なんと俺がもらったのは二つの学校の間に挟まれた土地だったのだ。

一つは王立学院。こちらは有力貴族をはじめとした富裕層の子弟が通うエリート校で、ミシェルが教師をしていたのもこの学院である。地球で言うところの中高一貫校みたいな感じのようだ。

もう一方は冒険者学院と言って、騎士や兵士の子どもが多く在籍する学校である。ここは一流の冒険者を養成するために作られた、専門学校に近いカリキュラムが組まれているとのことだった。

学校に通う子どもがいる場所だぜ？　駄菓子屋の心に火がついてしまうよ。しかも、話を聞きつけた王立学院の院長がミシェルに復職を願ってきたのだ。

いろいろ悩んでいたみたいだけど、けっきょく『闇魔法の基礎』と『呪いのすすめ』という二つの講座をミシェルは受け持つことになった。

俺の場合、『開店』と念じれば店は建つ。つまり、世界のどこへ行ってもすぐに商売はできるのだ。思い立ったら吉日ともいう。さっそく商売を始めることとしよう。駄菓子屋ヤハギ、今度は学院エリアに新規開店である。

DAGASHIYA YANAGI

第一話　おかしな店がやってきた

俺とミシェルは与えられた土地までやってきて、夜のうちに一軒家タイプの店舗を出しておいた。昭和レトロ感あふれる、例の木造一戸建て店舗だ。これなら住居兼店舗にできるから便利である。

伯爵の住む屋敷にしては小さいけど、俺にはこれくらいがちょうどいい。大きすぎると掃除とかが大変だろう？　バッキンガム宮殿や迎賓館みたいな駄菓子屋なんてありえない。これくらいがいいのである。

ミシェルのリクエストでキッチンだけは大きくしておいたけど、お風呂のサイズは元のままだ。こちらは変えるなと厳命された。二人で入ったときの密着感がジャストサイズなんだって……。

俺もミシェルに賛成だけど、やっぱりお風呂は手足を伸ばして入りたいという思いもある。どうせルガンダへはしょっちゅう帰るし、そのついでにヤハギ温泉に寄っていけばいいか。

本日は入学式で、ミシェルは生徒たちと初顔合わせの日でもある。服や化粧がなかなか決まらず、ミシェルは朝からおおわらわだった。

学院の教授は角帽に紫の縁取りがある黒マントが定番となっている。ミシェルはマントの下に着ていく服を選べずにいるのだ。

「どうしよう、こっちのは体の線が出すぎよね。でも、こっちだと野暮ったいし……」

「どっちも似合っていると思うよ。俺としては後者の方をお勧めするけどね」

「そう？　恰好悪くない？」

「ぜんぜん。前者だと刺激が強すぎて、生徒たちの勉強の妨げになってしまうよ。それに、俺以外がミシェルの体を見るのは嫉妬してしまうからさ」

少し胸元が開いていて、タイトな服はダメだろう。マントで隠れるとはいえ、男の子たちの視線を集めてしまうことは容易に想像できる。

「わかった。じゃあ、ユウスケの言うとおりにするね。でもこれだけだと地味すぎるからブローチをつけていこうかな……」

ミシェルが手にしたのは『血塗られた王女の短剣』というブローチだ。銀とガーネットで作られたそれは、見るものに威圧を与える魔法効果がある。

「うん、いい感じになったかも」

ようやく自分の姿に納得したミシェルが俺にキスをする。

「そ、それじゃあ行ってくるわ」

「そんなに緊張しないで。ミシェルならうまくやれるさ」

「生徒に舐められないかしら？」

それだけはないと思う。ミシェルは国中を震え上がらせた呪いの魔女である。生徒はおろか、年長の先生だって舐めた態度はとらないだろう。

しかも『血塗られた王女の短剣』で魔法の付与まで受けているのだ。何人たりとも逆らえない迫力がある。でも、そんなことを言えばミシェルは気にしてしまうかもしれない……。

「こんなにかわいい先生だから、その心配はあるな……」

深刻な表情を作ってみせると、かえってミシェルは元気になった。

「大丈夫よ、ユウスケ。私にちょっかいを出す奴はみんな呪っちゃうから！　脱毛の呪いでしょう、それから脱臼の呪い、あとは脱衣の呪いもあるわ」

「『脱』ばっかりなんだね」

「ええ、得意なの♡」

呪いを語るときのミシェルは嬉しそうだなあ。

「脱毛と脱臼はわかるけど、脱衣の呪いってなに？」

「ベルトやパンツのゴムがすぐに切れるの。あと、ボタンもいつの間にか取れていたりするのよ」

地味だけど嫌な呪いだ。

「呪いなんてかけちゃダメだよ。嫌なことがあったら俺が話を聞くからさ」

「うん……。ユウスケも嫌なことがあったら私に言って」

「俺が？　まあ、報告はするけど、駄菓子屋で嫌なことなんてあんまり起こらないと思うな」

「わからないわよ。生意気な子どもがいっぱい来るかもしれないじゃない」

それはあるかもしれないけど、相手は子どもだ。殺されたりとかはないだろう。と、このときは考えていた。だが、後からよくよく考えてみるとその認識は甘かったようだ。ここは異世界である。

慣れ親しんだ故郷とは違うということを俺は忘れていたのだ。

「ミシェルは心配しすぎだって」

「わからないわよ。王立学院には本当に生意気なのが多いから」

「ミシェルも卒業生だろ？　君も生意気だった？」

「わ、私はおとなしい方だったわ！」

「いろいろと聞いているけどなあ……」

学院にはミシェルにまつわる数々の伝説が残っているそうだ。無限回廊にセクハラ教頭を閉じ込めたり、いじめっ子が喋るたびに、口から蛇やカエル、毒虫が飛び出すなんて呪いまでかけたりもしたらしい。

「わ、若気の至りよ……」

「今は丸くなったから、脱衣の呪いで済ますんだね」

「そ、そういうこと」

もう一度、ミシェルにいってらっしゃいのキスをした。

「気を付けてね」

「うん、続きは帰ってから……」

ミシェルはぽわんとした表情で仕事に行った。

さて、俺も自分のことに取り掛かろう。子どもが相手だから店を開けるのは放課後だ。それまではルガンダに戻り領地経営をしなくてはならない。

といっても、ナカラムさんから報告を聞いて、欠品している商品を補充するだけだけどね。時間があったら冒険者たちのところに顔を出して、ルガンダダンジョンの中で露店を開くなんてこともしている。

今日一日のスケジュールを確認してから、ダンジョン内にある転送ポータルへと向かった。

午後になって本格的に店を開けた。駄菓子屋ヤハギ王都店、ついに新規開店である。学院の方はまだ静かだから、きっと授業中なのだろう。たまに爆発音とかが聞こえてくるけど、あれは魔法の実験か何かだろうか?

とりあえず店の商品を確認して、危険すぎるものは下げておいた。相手は冒険者ではなく生徒なのだ。人間に害を与えてしまう商品は売れない。

それから、本日のピックアップ商品を目立つところにディスプレイする。今日のお勧めはこれだ。

商品名：星のコンペイトウ
説明　：奥歯で噛むと高速移動が可能になる（加速装置ではない）。
**　　　　移動時には星が飛び散るエフェクト付き。**
値段　：30リム

小袋に入ったコンペイトウである。ブルーの小袋に詰められたパステルカラーのコンペイトウがかわいらしい。

高速移動と言ってもせいぜい自力の二倍で、距離も五十センチメートルがいいところだ。まあ、剣の達人とかが使ったらとんでもないことになりそうだけどね。

お、両学院から鐘の音が聞こえるぞ。きっとあれが終業の合図なのだろう。そう思ってしばらく待っていると、子どもたちが道に現れ始めた。

どちらの学院も寄宿制なので外に出てくる子どもは少ない。まずは自分の部屋に帰るのかな？

店の前を通る子どもはさっそく興味を示したようで、友だちとヒソヒソ話しながらこちらの様子をうかがっている。あれは王立学院の制服だな。仕立てのいい生地を使った、ブレザーっぽいデザインだ。ストライプのネクタイもお洒落である。

ここはいっぱつ呼び込みでもしてみるか。

「いらっしゃい、駄菓子屋ヤハギ本日開店だよ！」

ちょっとは興味を示したようだけど、まだしり込みしているのかな？　それともこういうお店に入ってはいけないという校則でもあるのだろうか？

俺は星のコンペイトウを一粒取り出して、奥歯で噛みしめながらステップを踏んだ。そのとたんに足元から七色の星が散らばり、大地が縮んだように俺の体が流れていく。

「うちのお菓子はおもしろいものばかりだよ。寄ってらっしゃい、見てらっしゃい！」

「うおっ、すげえ！　なにそれ!?　魔法？」

勢い込んでやってきたのは三人の男の子だ。日本でいえば中学生くらいの年齢だろうか？

こちらは冒険者学院の制服を着ていた。急所部分に革製のプロテクターが付いていて、いつでも戦闘に使えそうな仕様である。

「ここのお菓子を食べれば今みたいに星が飛ばせるの!?」

「ああ、他にもいろいろあるから見ていってくれよ」

男の子たちはワーワー騒ぎながら店に入ってきたが、王立学院の子どもたちは澄ました顔をして行ってしまった。

「お兄さん、10リムガムってなに?」

「うおっ！　モバイルフォースがあるじゃん！！！　これ、滅多に手に入らないんだぜ！」

「ガンガルフ！　俺にガンガルフを売ってよ!!」

「はいはい、今いくよ」

元気のよい少年たちのおかげで他の生徒たちも次々とやってくる。といっても、お客さんは冒険者学院の生徒ばかりだな。子どもたちは門限ギリギリまで遊んでいった。

この地に店を開いて二、三日もすると、放課後の駄菓子屋ヤハギは子どもたちで賑わうようになった。うちに来るのは冒険者学院の生徒が多く、王立学院の生徒は少ない。割合でいくと九対一くらいだろうか。

特に熱心な常連はカーツ、ゴート、キッカの三人組だ。彼らは冒険者学院の中等科一年生で、元気いっぱいの十四歳である。

カーツは三人のリーダー格。ゴートは無口でクール、顔もいい。キッカは面倒見のよさそうな女の子だ。三人は今日も店に来て、カゴにお菓子を詰めている。

「お、今日はたくさん買うんだな」

「ついに明日は実習なんだ」

カーツは期待と不安が入り混じった顔をしていた。

「実習というと、ダンジョンに潜るの？」

「地下一階だけだけどね」

地下一階は俺でもどうにかできるような弱いモンスターばかりだが、それでも命の危険があることには変わりない。

「だったらしっかりと準備していかないとな。味や好みだけじゃなく、効果にも注意して選ぶんだぞ」

「うん、おやつは500リムまでだから、しっかり吟味するよ」

冒険者学院中等科の一年生は九十人くらいいるそうだ。実習は三人一組のチームでまわるらしい。ちょっと心配にもなるが、教官も各所に配置されるそうだから大丈夫か……。

「それにしても、みんな張り切っているな」

「討伐で出たお金や魔石はお小遣いになるから、気合の入り方がちがうぜ」

なるほど、そういうことか。

「私、お小遣いが手に入ったら絶対にザコⅡ改用の装備武器を買うんだ！　あと、ニッパーも」

ほう、キッカはザコがお気に入りか。そのうちメルルを紹介してみようかな。気が合うかもしれない。

「ヤハギさん、どんなお菓子を買ったらいいと思う？」

クールなゴートは冷静にアドバイスを求めてきた。ゴートには結構ファンがいるらしいが、確かにモテそうな感じだよな。

「基本はやっぱり大玉キャンディーや10リムガムだね。傷を治すモロッコグルトや、呪いにかかったときの用心にぶどう味の粉末ジュースを持っていくのもいいな」

「うん、ぶどう味の粉末ジュースね」

ゴートは素直にそれらの品をカゴに入れていく。

「今はまだ必要ないかもしれないけど、連携を高めるためのココアシガー、撤退時のリスクを減らすモンスタースモークなどもあると便利だよ」

地下一階なら、まだ要らないかもしれないが、すぐに必要になってくるだろう。

「他にお勧めは？」

「こんな新商品があるぜ」

商品名：ミルキーボーロ

説明　：サクサクしているのに、口の中に入れた瞬間にサーッととけていく不思議食感。
食べると防御力が上がる。
継続時間は一粒につき三十秒。
値段　：20リム

俺のおじいちゃんやおばあちゃんの世代からあるロングセラー商品だ。コストパフォーマンスに優れ、探索おやつの一角を担う実力を持っている。緊急時にさっと食べられるのも魅力だ。

他の防御系おやつに比べると継続時間は短いのだが、十粒までの累積が効く。効果時間を細かく設定できるので、効率を追求する冒険者には人気の商品なのだ。

「この値段なら一つは買っておきたいな」

ゴートはミルキーボーロもカゴに入れていた。

「やれやれ、こんなクソ安い菓子に頼らないと、ダンジョンにも入れないのかよ」

嫌味な声がすると思ったら、王立学院の制服を着た少年が立っていた。年齢はカーツたちと同じくらいだろうか。銀髪をオールバックにして頭に撫でつけてある。

「ケッ、面倒なのが来たぜ……」

カーツはぼそりとつぶやきながら少年を睨みつけた。

「はあっ、20リムのお菓子だって？　こんなのが探索で役に立つのかよ？」

少年はことさら驚いた表情でおどけてみせ、取り巻きの少年たちはそれを見て笑っていた。

「まったく、正気を疑うよ。僕ならこんな情けないお菓子に頼るなんて絶対に嫌だけどな。プライドが許さないよ。これだから冒険者って奴は度しがたいのさ」

うーん、商売の邪魔だな。みんなが楽しんでいるのを邪魔するのは感心しない。それに、俺はダンジョンに潜る人間の味方だ。相手は子どもだけど、冒険者をバカにするのは許せなかった。

「君はダンジョンに潜ったことがあるのかい？」

「そんな場所、子爵家の長男たる僕が行くわけがないだろう」

傲慢な態度はそのせいか……。

「なるほど、だからそんな、駄菓子より甘いことを言うんだね」

「なっ、なんだとっ！」

「頼れるものがあるのなら何にだって頼る、ダンジョンとはそういうところだよ。知りもしないで、殊更に自分の無知をひけらかすもんじゃない」

カチンときて、つい言いすぎてしまったかな？　少年は青白い顔を真っ赤にして怒り出した。

「僕をバカにするのか？　僕はパーマネント子爵家のマールだぞ！」

「バカになんてしていないよ。事実を言っているだけさ」

自分が否定される経験をあまりしていないらしい。少年はワナワナと震えながら拳を振り上げた。

「クソッ、覚えていろよ！　父上に言いつけて必ずほえ面をかかせてやるからなっ！」

恥ずかしげもなく『言いつける』とかいうんだな……。ちょっとカルチャーショックだ。

マールという少年は捨て台詞を吐いて店から出ていった。

「ヤハギさん、大丈夫かな？」

カーツが心配そうに聞いてくる。

「なにが？」

「あいつ、けっこう有名人なんだ、悪い意味でね」

「他でもこんなことをしているの？」

「アイツのせいで実際に潰れた店も何軒かあるらしいんだ……」

カーツたちはしょんぼりとしている。

「心配するなって。うちは大丈夫だから」

「でも……」

俺は逆にパーマネント家とやらが心配だよ。こんなことがミシェルに知れたら、パーマネント家がチリチリにされてしまうぞ。これは内々で済ませないとなるまい。

「まあ、なんとかなるさ。そんなことより実習の心配をしろよ。おやつは決まったのか？　そうそう、俺のお勧めだけど、超・ヒモきゅうきゅうもいいぞ」

「なにそれ？」

「一二七センチもあるひも状のグミなんだ。食べて美味しいだけじゃなく、傷口に巻くと医療用の応急処置テープに早変わりするんだ」

「おもしろそう！」

子どもたちは笑顔に戻ってお菓子をカゴに詰め直していた。

事件は翌日の昼間にさっそく起こった。ルガンダで用を済ませて家まで戻ってくると、店先で騒いでいる二人組に出くわしたのだ。

どちらも体格がよく人相が悪い。見るからに悪役って感じなのである。二人とも大きなハンマーを持っているけど何をするつもりだろう？

「おうおう、出てきやがれ！　出てこねえと扉をぶち破るぞっ！」

白昼堂々と無法なことを言う奴らだ。だが、本気か？　そんなことをすれば大変なことになるのだが……。

「今さらビビってんじゃねえぞ！　俺たちはパーマネント子爵家の使いの者だ。さっさとここを開けねえか！」

ああ、昨日のマールとやらがこいつらを寄こしたんだな。だったら注意をする必要もないか。少し痛い目に遭ってもらおう。

しばらく放っておくと、二人は俺が居留守を使っていると勘違いしたようだ。いよいよハンマーを振り上げて恫喝してくる。

「いいか、脅しじゃねえぞ！　今から扉をぶち壊して、てめえの面を見てやるからな！」

二つの大きなハンマーが扉に向かって思いっきり振り下ろされた。ところが弾き飛ばされたのは扉ではなく、ハンマーを持つ男たちの方だった。

おお、五メートルは吹き飛んだな。さすがはミシェルが張った結界魔法だ。攻撃に対して自動で反応しているぞ。頑丈そうな体をしていたけど、あいつらは大丈夫か？

「いてて……」

「何が起こりやがった……？」

見かけ通りタフな奴らだな。痛そうにしているけどたいした怪我はしていないようだ。ひどい目に遭ったというのに、まだ帰ろうともしない。

「クソが！　ガキの使いじゃねえんだぞ。これくらいで帰れるか」

開店時間までいられても迷惑だし、そろそろ対応するか。凶暴そうな顔をしているが、話せば何とかなるだろう。話が通じない可能性は多分にあるけどね。

荒くれ男二人を前にしても、恐怖心はそれほど湧いてこない。俺もダンジョンや戦場を経験して、少しは度胸がついたようだ。

「店の前で何をしてるの？」

後ろから声をかけると、二人は慌てて起き上がり、虚勢を張った。

「てめえが店主か？」

「そうだけど、お菓子を買いに来たのかな？　開店はまだだよ」

「バカ野郎、誰が菓子なんか食うかよ。俺たちはパーマネント子爵家の使いだ。うちの坊ちゃまがてめえに恥をかかされたそうじゃねえか！　どう落とし前をつける気だ？」

やっていることは貴族じゃなくてヤクザだね。ひょっとして金を出せとでも言うのだろうか？　それとも単純に店を壊しにきたか？　結界があるからそれは無理だと思うけどね。

「落とし前をつけるもなにも――」

とりあえず、引き取ってもらおうと喋り出したら、男の片方が店の看板と俺の顔を見比べて青くなりだした。

「ま、待て！　この方は……」

「なんだよ？」

青い顔の男はゴクリと唾を飲み込んだ。

「あの、もしかして菓子爵のヤハギ様で？」

またそのあだ名かよ。メルルもふざけた通り名を広めてくれたものだ。でも、こいつは俺のことを知っているようだ。だったら少しくらいは話が通じるかな？

「まあ、そうですけど……」

「じ、自分は北方部隊第二連隊に所属しておりましたあっ！」

ああ、あの戦争のときに俺を見たんだな。

「オマエ、何言ってんの？」

もう一方の男が相棒の態度を見てキョトンとしている。

「ば、ばかっ。こちらは救国の英雄、ヤハギ様だぞ」

「あぁ？」

「機械仕掛けのドラゴンで並みいるモンスターを討ち果たしたヤハギ様だって！」

「ああっ！」

二人とも俺の素性に行き当たったらしい。

「大変失礼いたしました。ヤハギ様はこんなところで何を？」

「ここ、俺の店なんだ。子どもが委縮するといけないから貴族であることは内緒にしておきたいんだよね。ばらさないでもらえる？」

「も、もちろんです！」

「で、何か用？」

「な、な、なんでもありません。失礼しましたぁっ！」

あ、逃げていった。身のこなしは意外と素早かったな。まあ、これで嫌がらせもなくなるだろう。とりあえずはそれでいいや。

俺はいつも通り夕方に合わせて開店準備を始めた。

ちなみにその夜、店を閉めていたらマールと父親がやってきた。マールはぶん殴られたのか顔に痣を作っていた。

親子して平謝りしていたけど、事の次第は組み立てグライダーでエッセル宰相に報告済みだ。マールが庶民の店を潰したというのは許せないからね。きちんと調べて、法の裁きを受ければいい。

これでも穏便に済ませた方だぜ。もし、ミシェルの耳に入っていればパーマネント家は親子してチリチリになっていたはずだから……。

マールside

馬車が屋敷に着くなり、パーマネント子爵は苛立たし気に命令を下した。

「マールをしばらく自室に閉じ込めておけ！」

信じられないと言った表情でマールは抗議する。

「父上、そんな……、どうして……」

「どうしてだと？」

子爵は仇の顔でも見るように息子を睨みつけた。

「お前のせいでパーマネント家は危機に瀕しているのだ！　事件をもみ消すために、いくらかかるかわからんのだぞ！」

「わ、私はただ……」

「ただ、なんだ!?　救国の英雄に喧嘩を売り、使用人に襲わせたとでも言いたいか？　このバカ者が！　はあ……、せめてその辺のゴロツキを金で雇っていればまだごまかしもきいただろうに……」

子爵はヤレヤレと首を振りながら改めて使用人に命じた。

「連れていけ」

「お待ちください、父上。私はまだ食事もとっておりません」

子爵は振り返ることなく廊下を進んでいく。

「父上、父上ぇ！」

涙と鼻水に顔を濡らしながらマールは呪詛の言葉を吐き出した。

「おのれ、ヤハギめっ。この恨み、いつか必ず晴らしてやるからな」

冒険者メルルの日記 1

どうしよう、ユウスケさんが王都へ行ってしまった！　まさか私たちをおいて都会へ帰ってしまうなんて……。

なんでも、戦争で活躍したご褒美に土地をもらったそうだ。しかも、王都の一等地らしく、なんとかいう学院に挟まれた場所らしい。ユウスケさんはそこで駄菓子屋をやるつもりのようだ。

ずっと王都に住んでいた私だけど、あっちの方は行ったことがないな。私のような庶民には縁のない高級住宅街だもんね。

ユウスケさんはとても嬉しそうだったな。子どもを相手に駄菓子屋ができるのが楽しいのだろう。そりゃあ、こんな田舎で私たちに駄菓子を売るよりよっぽどいいか。ここよりもずっと儲かるだろうしね……。

だけど、子ども相手でも嫉妬しちゃうよ。ユウスケさんはずっと私たちだけの駄菓子屋さんでいてほしかったんだけどなあ。

「そんな寂しそうな顔をしないでよ。五連でくじに外れたときより酷い顔をしているよ」

と、ミラにからかわれてしまった。

だけど、元気がないのは私だけじゃない。ガルムだってリガールだってマルコだって、他のみんなだってユウスケさんが都会へ行って帰ってこなくなるんじゃないかと心配しているのだ。なんだかやる気がなくなっちゃったな。もう仕事に行きたくない……。

ユウスケさんが帰ってきた！　まったくね、みんな心配しすぎなのよ。ユウスケさんが私たちを捨てて都会へ引っ越しちゃうわけないじゃない。

「俺はこれでもルガンダの領主だぜ。ここでも駄菓子屋をやるに決まっているさ」

続けて、ユウスケさんはそっと私に耳打ちする。

「それに、俺には転送ポータルがあるだろ？　だからどっちでも商売ができるのさ」

それを聞いて思わず泣きそうになってしまったけど、私はぐっと涙を我慢した。恥ずかしくて本当のことは言えないもんね。『捨てられたと思ってた！』なんて、口が裂けても言えないよ。でもよかった。

これからは、朝はルガンダ、夕方は王都で商売をするそうだ。向こうの店舗もとっくに作ったんだって。

お屋敷街にある店だから、きっとお洒落な感じなんだろうな。最新のカフェみたいなのかな？　それに伯爵なんだからお屋敷もすごいのだろう。

「ユウスケさん、こんど王都の家に遊びに行っていい？」

「おう、いいぞ。部屋はあるから、なんなら泊まっていけばいい。ミシェルもきっと喜ぶだろう」

「ありがとう！」

豪華なゲストルーム、広い食堂でいただく豪勢なディナー、食後は居心地のいい居間でブランデーを傾けたりするんだ！

「絶対ね。約束だよ！」

「ああ、必ずだ」

ユウスケさんは約束してくれた。

「さてと、今日もスクラッチカードを引きますか！」

結果は全部違う絵柄でハズレだったけど、私はユウスケさんがここにいるというだけで、どうしようもなく嬉しかった。

DAGASHIYA YAHAGI

第二話　駄菓子屋の子どもたち

工都に引っ越してきて一週間ほどたったけど、駄菓子屋ヤハギの経営は順調だった。放課後ともなると学院の生徒たちが詰めかけて、店は騒がしすぎるくらい賑わっている。
うちのお客さんのほとんどは冒険者学院の生徒だ。もちろん王立学院の生徒もいるのだが、なんとなく学院の気風に馴染めてない感じの子ばかりが来ている気がする。そのいちばん顕著な例がカルミンだろう。
まず、見た目がギャルだ。この世界においてもギャルなのだ。金髪で毛先の方をピンク色に染めている。メイクもばっちりだから子どもたちの間ではやけに目立つ。
放課後はずっと店にいて、いつも壁際の席に座ってフルーツガムを膨らませていた。

商品名：フルーツガム
説明　：ひと箱に四粒入った風船ガム。
オレンジ、グレープ、いちご、メロンの四種類がある。
ガムを膨らませると三秒間だけ、わずかに体が浮き上がる。

当たりくじ付き。
値段：20リム

カルミンはこのガムが大好きらしく毎日買っていくのだが、それ以外は何もしない。店の隅の定位置に陣取ってガムを膨らませているだけなのだ。

感情が表に表れにくいタイプなのかな？　フルーツガムで当たりを引いてもあまり喜んだ様子はない。メルルなんかは大騒ぎして喜ぶのだが……。

そして、他の子どもたちがモバイルフォースやマニ四駆で遊んでいるのをぼんやりと眺めるのが日課だった。

「みんなと遊ばないの？」

「あーしはいいよ、見てるだけで楽しいから」

ボッチギャルか……。あまり楽しくなさそうな表情だけど、カルミンは気にしていないようだ。はた目には何を考えているのかはわからない。

お金がないのかと思ったけど、そうでもないようである。今日などはガムを買うときに銀貨を出してきた。やはり王立学院の生徒だけあって実家は裕福なのかな？

いじめられているって感じでもなく、同じ王立学院の子とも微妙に距離を開けられているようだった。

今日も店の中は大騒ぎだったけど、外は暗くなってきている。西の空の残光もまもなく消えるだろう。

「よーし、そろそろ閉店だぞ。みんなも門限があるんだろう？　急いで帰った方がいいぞ」

両校とも寄宿制だから、時間までに戻らないとペナルティーがかかるそうだ。

「やべっ！　行こう、ゴート、キッカ！」

カーツたちは慌てて自分のモバフォーやマニ四駆を鞄に詰めていた。

「忘れ物はないな？」

「自分を忘れてもグフフだけは忘れねえ！」

「グフフより自分を見失うなよ……」

「おう！　それじゃあまた明日！」

カーツや他の生徒は元気に走り去っていく。これが若さかな？　ルーキー冒険者には、ああいった元気はなかった。

一気に静まり返った店内を振り返ると、まだカルミンがガムを膨らませていた。いつもの場所でフワフワと浮いている。

「どうした、まだ帰らないのか？」

「今日は外泊だから」

寄宿制の学校ではあるが、家の都合で帰る子どももいるのだ。

「実家にでも帰るのか？」

「お母さんのとこ」

「そっか、じゃあ早くいかないと心配するんじゃないか？」

「ううん、お母さんは治癒院で働いているから、帰ってくるのはもう少し後……」

王立学院は裕福な家の子が多いと聞いたけど、カルミンの家は一般庶民のようだ。それともお母さんは高給取り？

カルミンは俺から視線を逸らしてガムを噛み続ける。誰も待っていない家に帰るのは寂しいのだろうか？　この子は居場所を求めてここに来ているのかもしれない。

「じゃあ、もう少しだけ店を開けておくな」

「ありがとう。ユウスケっちは優しいね」

「その呼び方、何とかならないか？」

「いいじゃん、かわいくて」

舐められているとしか思えないぞ。まあ、カルミンは親しみを込めてそう呼んでいるようだから、いいけどさ。

でも、こんな少女と二人っきりだと、なにを話していいかわからない。一緒にいても時間を持て余してしまうぞ。

「そうだ、俺とモバフォー対決でもしないか？」

たしか、カルミンはキャンを持っていたはずだ。

「え～……」

「嫌なら無理にとは言わないよ」

「あーし、人と対決したことないから……」

「だったら俺と練習しておけばいいじゃないか。そんなに強くないけどな」

「じゃあ……」

俺はガンガルフ、カルミンはキャンでの対戦になった。そして、試合は始まったのだが……。

「つえぇ！　すごいな、カルミン」

「そ、そうかな？　えへへ」

カルミンの強さは圧倒的だった。いろんな選手を見てきたからわかるけど、この子の実力は相当なものだ。はっきり言って天才と呼んでもいいだろう。いずれどこかの大会で名を上げるだけの資質はじゅうぶん持っていた。

「どっかの大会にでも参加してみたらいいのに」

世間ではしょっちゅう大会が開かれている。エッセル宰相のような、モバイルフォース好きの貴族や豪商が開催しているのだ。最近ではプロのモバイルフォース使いも現れはじめた、なんて話まであるのだ。

そういう大会にはジュニア部門だってある。カルミンなら絶対にいい成績を収めると思うぞ。だけど、カルミンの反応はそっけない。

「えー、あーしはそういうのはいいよ」

「もったいないなあ。カルミンならいい成績を残せそうだけど」

「うーん、興味ないから……」

そんな会話をしていたら表の引き戸がカラカラと音を立てて開いた。

「ただいま～。ユウスケ、まだお店を閉めないの？」

ミシェルが帰ってきたようだ。

「お帰り。今日はちょっと事情があってね」

「なにかあったの？　って、あなたは……カルミン？」

「ミシェル先生！」

二人とも思いがけない場所で会ったと言わんばかりに驚いている。

「どうして、ミシェル先生が駄菓子屋さんに？」

「それは……私の魂はなにがあってもユウスケのもとに帰る運命だから……」

ミシェルはくねくねしながら恥じらっている。それにしても重い説明だ。

「たまし……？　って、もしかして二人は恋人!?」

「婚約者だよ。もう少し落ち着いたら結婚する予定なんだ」

カルミンは目を丸くして驚いている。

「すごい……、数々の伝説を残す呪いの魔女を受け止めることができる男がいるなんて、まじリスペクトなんすけど！」

言いたい放題だな。

「ええ、ユウスケは特別なの！」

ミシェルは気にしてない!?

「あ～……、まあ、お似合いっちゃお似合いだよね、二人は」

「ありがとう、なんていい子なの！」

なんてチョロすぎなの、ミシェルは！

「あ、あーし、そろそろ行かなきゃ」

「気を付けてな。外はもう暗いけど……」

「大丈夫、護衛がいるから」

「護衛？」

「じゃーねー！」

カルミンも元気よく走り去っていった。

「護衛ってどういうことだろうね？」

「木と建物のところに一人ずついたわね」

「まったく気が付かなかったぞ」

「私もよく知らないけど、あの子もそれなりの身分なんでしょうね」

それでシークレットサービス的な何かが護衛しているわけか。でも、母親は治癒院で働いているって言っていたけど……。

「いい子だけど、ちょっと変わってるよな。雰囲気とか独特でさ」

「うん、でも魔法の成績はとても優秀よ。『呪いのすすめ』の成績はＡ＋だもん」

「ふーん」

「ただ、周りとはうまく打ち解けられていないみたい。まるで昔の私ね……」

ミシェルは苦笑している。

「見た目は全然違うけど、実は似た者同士かな？」

「それはわからない。でも、あの子が寂しがっているのだけはわかるわ。だから、さっきはびっくりしたの」

「なにが？」

「ユウスケと遊んでいるカルミンはとても嬉しそうだったから。あの子のあんな笑顔、学院では見たことがなかったわ……」

何か理由があって馴染めずにいるのかもしれない。ここがカルミンの居場所になれればいいんだけどな。

「ユウスケ、あの子に優しくしてあげてね」

「そうだな」

ミシェルは過去の自分にカルミンを重ねているのかもしれない。

「でも、浮気は絶対ダメよ！」

「俺にはミシェルしか見えていないさ」

やれやれ、あんな少女に手を出すわけがないのにな。でも、王都が瓦礫の山にならないよう、行動には気を付けるとしよう。

翌日もカルミンは店にやってきた。今日もお気に入りのフルーツガムを買うようだ。

「あちゃ～、メロン味は売り切れかぁ……」

肩を落とすカルミンに商品を手渡す。

「ほい、メロン味」

「え、どうして？」

「毎日買ってくれるから取り置いといたぞ」

「なにその神対応！　駄菓子屋さんにメンケアされるわぁ」

今日もカルミンは誰かと遊ぶわけでもなく、端っこに座ってぼんやりと店の様子を眺めている。

まあ、それでもそれなりに楽しそうだ。

カルミンがぷぅっとガムを膨らませると、浮き上がった彼女の体がフワフワっと揺れた。


早朝にダンジョンまで出かけて、転送ポータルでルガンダまで行った。最近ではこれが俺のルーチンワークになっている。

助役のナカラムさんから報告書を受け取り、店と支店の商品を補充し、町の住人と雑談をしてから帰る日々なのだ。

今日も同じようにして王都へ帰ろうと思ったんだけど、メルルとミラが俺のところへやってきた。

「珍しいな、仕事は休みかい？」

「うん、ユウスケさんにお願いがあってさ」

メルルは俺の耳元に口を寄せる。

「転送ポータルを使わせてもらえないかな？　久しぶりに実家へ顔を出したいんだよ」

メルルをはじめとした信用の置けるごく一部の人には転送ポータルの存在を話してあるのだ。

聞けば、メルルとミラは稼いだ金を実家の両親に渡したいとのことだった。人を雇って金と手紙を送ることも可能だけど、配達を請け負う冒険者は信用がならない。

場合によっては金を持ち逃げするなんて事案も起こるのだ。だから直接渡す方が安心なんだよね。

二人ともこの世界ではいちばん古い友人であり、戦争のときには危険を顧みないで共に参戦してくれた仲間だ。あのときはミシェル、メルル、ミラ、リガール、ガルムなんかが志願してくれたんだよなぁ……。涙が出るほどうれしかった。

マルコなんて追放処分を受けているのに、捕まってもいいから付いていくって言ってくれたもんなあ……。

まあ、正式に参戦が認められて、軍功により過去の罪を帳消しにできたのは結果オーライだったよ。裏で手を回してくれたエッセル宰相には、感謝のしるしとして新型マニ四駆をプレゼントしておこう。

というわけで、メルルとミラを王都まで連れていくくらいどうということもないのだ。

「いいよ。そういうことなら、すぐに出発しよう」

「ついでだから、王都のお屋敷も見せてよ」

「お屋敷？　いつもの一軒家だけど？」

メルルは唖然とした顔で俺を見上げた。

「はあ？　ユウスケさんは伯爵になったんだよ。どうしてあのぼろ家なのさ!?」

「ぼろ家って言うなよ、失礼だな。俺にはあれくらいがちょうどいいんだよ」

「え〜、せっかく豪華な部屋を見られると思ったのにぃ」

「まあまあ、ユウスケさんらしくていいじゃないですか」

ミラがとりなし、俺たちは連れ立って出かけた。


王都のダンジョンからのんびりと歩いて帰ってくると、まだ昼前なのに子どもたちが店先にたむろしていた。

考えてみれば、今日は学院が休みの日である。それで暇を持て余した子どもたちが、開店はまだかとやってきたのだろう。

「あ、ヤハギさんが帰ってきたぞ！」

真っ先に俺を見つけたのは常連のカーツだった。

「やあ、カーツ。昨日は初めての実習だったんだろう？　首尾はどうだった？」

「まあ、何とかやったよ。駄菓子のおかげでずいぶんと助かった」

カーツもスライムと大蜘蛛を討伐したそうだ。どちらも強いモンスターではないが命のやり取りをしてきたのだ。初陣を勝利で飾ったことで得られる、自信のようなものがカーツたちの顔にうかがえた。

「ところでヤハギさん、この人たちは誰？　ヤハギさんの彼女？」

俺とメルルとミラは一気に蒼ざめる。

「滅多なことを言うな！」

「アンタ、死にたいの!?」

「王都が吹き飛んでもいいいんですか!?」

「三人がかりで全力否定!?　なんでそんなに問い詰められないといけないんだよ？」

メルルが深刻な表情で説明する。

「ミシェルさんの耳に入ったらどうなると思ってるの？」

「そうだった、ここには呪いの魔女が住んでいるんだった！」

ミシェルがここに住んでいるという情報は、子どもたちの間でも徐々に広まっているらしい。それが原因で客足が減るかと思ったけど、怖いもの見たさで、かえってたくさんの子どもがやって来るようになったみたいだ。

「俺にはミシェルがいるんだから、この二人が彼女のわけないだろう。メルルとミラは現役の冒険者で、駄菓子屋ヤハギの常連さんだ」

「つまり、俺たちの先輩ってことか。よろしくおなしゃすっ！」

冒険者と聞いて親近感が湧いたのだろう。カーツたちはメルルとミラにぺこりと頭を下げていた。

「ところで、どうした？　おやつでも買いにきたのか？」

カーツはチッチッと指を振る。

「違うぜ、ヤハギさん。俺たちは探索の準備をしに来たのさ」

「探索って、実習は終わったんだろう？」

「へへへっ、これを見てくれ！」

カーツ、ゴート、キッカの三人はいっせいに小さな金属プレートを俺の目の前に掲げた。

「なんだ、これ？　冒険者学院実力評価査定証　Dランク：地下一階まで、って書いてあるな」

「成績優秀者の証だよ！　これがあればダンジョンに入ってもいいんだぜ」

ダンジョンに入るのに国の許可は要らない。これは、学校側が生徒に示す指針のようなもののようだ。

「これがもらえる班は同学年でも少ないんだぜ。俺たちはそこを勝ち抜いたのさ」

「それはたいしたもんだ。で、次の探索の準備というわけか」

「次っていうか、これから行く予定なんだ」

「これからダンジョンに？」

カーツたちは自主練とお小遣いを求めてダンジョンへ行くそうだ。

「せ、先輩！　先輩ならどんなお菓子を買っていきますか？」

カーツがミラに聞いている。勇気を出して憧れのお姉さんに声をかけたって感じだぞ。

「私ですか？　そうですねえ……、地下一階ならやっぱり10リムガムなどの基本のお菓子と……、それから魔笛ラムネでしょうか」

「魔笛ラムネ？」

商品名：魔笛ラムネ
説明　：中央に穴の開いたラムネ菓子。口元に当てて吹くと音が鳴る。音につられてモンスターがやってくる。おもちゃ付き。
値段　：60リム

「へー、こんな駄菓子もあるんだ」

「地下一階はモンスターの数が少ないから重宝するんですよ」

最大有効範囲は二百メートルくらいなので、けっこう便利なのだ。

「でも、気を付けないと囲まれてしまうこともありますけどね」

「なるほど」

「ただ、モンスターを呼ぶだけじゃなく、トラップにおびき寄せるなんて使い方もありますね」

「トラップってどんな？」

トラップを張るのが得意なメルルが説明する。

「普通にトラバサミのようなものもあれば、魔力感知型みたいな高度なものもあるよ。手軽なのはトラバサミだけど、知能の低いモンスターしか引っかからないなあ」

「そういうモンスターはドロップするお金の額もたいしたことないんです」

「ふむふむ」

現役の冒険者に話を聞くのはカーツたちにとっても為になるのだろう。三人はミラとメルルの話を真面目に聞いていた。こうしてみるとミラもメルルも大人になったもんだ。

「ところで、魔笛ラムネをここで吹いたらどうなるの？　ダンジョンから魔物が出てくるかな？」

「さすがにそれはないさ。試したことはないけどね」

「じゃあ俺が試してみようかな」

カーツは購入した魔笛ラムネをさっそく口にくわえて音を鳴らす。すると、奥の扉が開いた。

「ユウスケ、呼んだ？」

出てきたのはミシェルだ。

「うげっ、呪いの魔女!?」

おい！　間違ってはいないけどさ……。数々の伝説を残しているミシェルのことをカーツたちはかなり怖がっているのだ。こんなにかわいいのにな。

「やべえ……、ちょっと吹いただけでラスボスが現れやがった。こんなのをダンジョンで使ったら……」

ブルブルと怯えるカーツたちをメルルが落ち着かせる。

「安心して、あんなすごいのはダンジョンにだっていないから」

メルルもたいがいだな。

「私がどうかしたの？」

どうして自分が話題になっているのかわからず、ミシェルは不思議そうに周囲を見回している。

「何でもないよ。ミシェルは俺の婚約者だって、改めてみんなに説明していただけだから」

途端にミシェルは笑顔になった。

「そうだったんだ。みなさん、ゆっくり買い物を楽しんでいってくださいね。私はお昼ご飯を作ってくるわ。メルルとミラも食べていきなさいね」

鼻歌交じりにミシェルは奥に引っ込んだ。

「ふ〜……、今日も世界の平和は保たれたね……」

メルルは大袈裟だ。カーツたちは奥の方を気にしながらそそくさと買い物を済ませた。

「それじゃあ、ダンジョンへ行ってくるぜ！」

「くれぐれも気を抜くなよ」

「わかってるって！」

ゴートとキッカがうなずく。

「大丈夫、やることはわかっているから」

「あたしが付いているから、危ないことはさせないよ」

大胆なカーツ、冷静なゴート、物知りなキッカ、この三人でバランスが取れているのだろう。

「気を付けてな」

俺は店先まで三人を見送った。

夕方になるとカルミンが店にやってきた。特に何をするでもなく、いつものようにガムを買って膨らませている。

ちょっと浮いた存在ではあるけど、この光景も目に馴染んできた。相変わらず誰かと遊ぶわけじゃないけど、それなりに楽しんでいるようだ。

「カルミンはフルーツガムばっかりだよな」

「え？」

「うちには10リムガムとか、風船の実ガムとかいろいろあるだろう？　他のは買わないのかなって思ってさ」

商品名：風船の実ガム
説明　：ブルーベリー・サワーベリー・ヨーグルトの三種類のフレーバーが入っている。三種類を一緒に食べてベリーヨーグルト味を楽しむこともできる。食べるとしばらく視力が上がる。
値段　：80リム

プラスチック容器に入った丸い粒ガムだ。ルガンダでは中年の冒険者に人気のお菓子である。ほら、一時的とはいえ老眼とかにも効くからさ……。

老眼が始まった中年冒険者が、ベリーヨーグルトの香りを漂わせながらガムを噛む姿は哀愁を誘っていたなあ……。

王都の店の客は子どもばかりなので、風船の実ガムの売り上げは本店ほど多くはない。でも、三種類の味が楽しめるとあって、純粋にお菓子としての人気が高いようだ。

このようにガムにもいろいろあるのだが、カルミンが買うのはフルーツガムばかりなのである。

「たまには違うのを試してみないか？」

「あーし、浮気はしない主義なんだ……」

「違うガムを買っても浮気にはならないだろう？　冒険してみなよ」

「ん～、考えとく」

無理強いをするつもりはないが、どれもお勧めのお菓子ばかりである。カルミンにもいろいろ楽しんでもらいたいなあ。

冒険で思い出したけど、ダンジョンへ行ったカーツたちは、もう帰ってきたのだろうか？　太陽は西の空を染めている。そろそろ帰ってきてもいい時刻なのだが……。

不安が頭をよぎって、通りの向こうを何度も気にしてしまう。だけど俺の心配は杞憂だったようだ。しばらくすると三人組は戻ってきた。疲れた顔をしているが、怪我などはしていないようだ。

「お、無事に帰ってきたな」

いつの間にか俺の横にいたカルミンが一緒になってカーツたちを眺めていた。

「アイツらの顔、変わってなくね？」

「ダンジョンを経験した者たちだ。面構えが違うさ」

「ふーん……」

夕日に照らされたカーツたちが店の前までたどり着いた。三人の顔や装備は泥だらけになっている。きっと激しい戦闘があったのだろう。

「おかえり。怪我はないかい？」

「おう、三人ともかすり傷だけだぜ」

カーツもゴートもキッカも笑顔だ。

「そいつは上出来だぞ。怪我をしないことがいちばんだからな」

「俺たちの夢はダンジョン最深部でお宝の発見だぜ。こんなところで躓いていられないってーの！」

「で、収穫はどうだった？」

「へへっ、こいつを見てくれ！」

カーツは小さな革袋の中身を手の平に広げて見せてくれた。銅貨や魔結晶の小粒がいくつか並んでいる。全部で１９００リムといったところだろうか。

「はじめて三人だけでいって、この儲けなら上々だな」

プロの冒険者としてやっていくことは無理でも、生徒のお小遣いとしてなら悪くない。それにカーツたちはまだまだ強くなるのだ。

俺たちのやり取りを眺めていたカルミンがポツリと漏らした。

「ダンジョンかぁ、あーしも行ってみようかな……」

その言葉にカーツが反射的に言葉を返した。

「お前、ダンジョンに行く気か？　実力と知識がなければ死ぬぞ」

ちょっと偉そうだけど、言っていることは間違っていない。だけど、いろいろなことに消極的なカルミンが興味を示したのが気になった。危険なところではあるが、地下一階くらいなら……。

「カルミン、本気か？」

「うん、卒業したら冒険者になるっていうのもいいかなって」

「だけど、一人でダンジョンへ行くのは危険だぞ。せめて仲間を集めたらどうだ？」

「あーし、友だちいないし……」

カーツはバカにしたようにカルミンへ言い放つ。

「軟弱な王立学院の生徒がダンジョンに行くだと？　卒業して冒険者？　笑わせるぜ。普通に王宮へ勤めればいいじゃねーか」

王立学院の生徒はエリートなので、官僚や高級武官になる者が多いのだ。

「何をしようとあーしの勝手でしょう。それにあーしは弱くない」

「なんだと？」

「攻撃魔法が使えるもん」

「それくらいで威張るな。キッカなんてファイターのくせに風魔法が使えるんだぞ！」

キッカが小さく鼻をうごめかせた。

「たしかにあーしは近接戦闘は苦手だよ。でも付与魔法だって使えるもん」

「付与魔法も？」

お、三人組が驚いているぞ。

「あと、回復魔法と呪いの魔法も……」

「…………」

カルミンの優秀さに三人組は黙り込んでしまった。そういえばカルミンは成績優秀だとミシェルも言っていたな。

カーツが一歩前に出てカルミンの顔を覗き込む。

「だったら俺がお前の実力を試してやるよ」

「おい、喧嘩はやめろ」

「そうじゃねえ、モバフォーで勝負だ！」

感情の赴くままに挑戦状をたたきつけたカーツだったが、カルミンの反応はあっさりとしたものだった。

「そういうのはいいよ」

「逃げる気か？」

「えー……」

真っ直ぐに踏み込むカーツと、常に距離を開けるカルミンか。この二人が戦ったら……、いや、この二人が組んだらどうなるのだろう？　俺は純粋に興味を抱いた。

「少しだけやってみたらどうだ？　俺、もう一度カルミンがモバフォーを動かすのが見たいな」

しばらく迷っていたが、最終的にカルミンはうなずいてくれた。

「ユウスケっちがそう言うなら……」

カルミンは鞄から自分のキャンを取り出す。こんな風にいつもキャンを持ち歩いているのだ。カルミンだって本当は誰かと対戦したかったのかもしれない。

「どうやらやる気になったようだな。俺の実力を思い知らせてやるぜ」

カーツもグフフを取り出した。キャンとグフフ、どちらも近接戦闘に優れたモバイルフォースである。これは白熱した戦いになりそうだな。

騒ぎを聞きつけて他の子どもたちも二人を取り囲むように集まりだした。

「それじゃあ俺が審判をするよ。バトルを始めようか」

かくして対戦が始まった。


俺がもらった土地はけっこう広かった。たぶん千坪くらいはあると思う。そんな空き地に一軒家がぽつんと建っているのだ。ありがたいことに空きスペースはいくらでもある。そうしたわけで、店の横にはモバイルフォース用の闘技場がいくつか作ってあった。

製作者はもちろんミシェルで、どれも非常によくできた闘技場だ。種類だって多彩だぞ。いちばんオーソドックスな円形闘技場。プロレスのリングのようにロープを張り巡らせた闘技場。廃墟の街をイメージし、市街戦の雰囲気が楽しめる闘技場などなどだ。

変わったものだと、ところどころにトラップが仕掛けられ、一定時間で発動する闘技場。花で飾られた闘技場といったファンシーなのもある。

「好きなところを選ばせてやるよ、どこがいい？」

カーツは余裕の態度でいるけど、相手をなめてかかっているという感じではない。

「いちばん普通のやつ」

カルミンも自然体でいるように見せているけど、あれはかなり緊張しているな。いつもより表情が硬いからすぐわかる。

「そこは俺がもっとも得意とする闘技場だぞ。いいのか？」

「べつに……」

戦いの場は円形闘技場、試合形式は時間無制限。どちらかの降参、リンク切れ、リングアウトで勝敗を決めることになった。

「ユウスケっち、見ててね」

「ああ、頑張っておいで」

カルミンは小さくうなずくと、キャンとのリンクを張った。

試合開始と同時に動いたのはカーツのグフフだった。この思い切りのよさがカーツの魅力である。

だがカルミンもカーツの動きは予想していたようで、瞬時にいなして軽い連撃を返している。

モバイルフォースは魔力の強さによって若干だが反応速度とパワーが変わる。各機体の限界性能を引き出すには操縦者の力量が問われるのだ。

それらの数値はわずかな差ではあるが、戦いにおいてのゼロコンマ一秒はかなり長い時間だ。カルミンの動きはメルルたちに迫るほど速い。いや、瞬間的にはそれよりも速いかもしれなかった。

「こいつっ！」

自分が予想していたより強敵であることがわかったのだろう、カーツの顔に焦りが見えている。

だが、カーツも負けてはいない。要所要所で爆発的なパワーを見せ、カルミンの優勢をはね返している。

「クッ……」

カーツの猛攻にカルミンも慎重にならざるを得ない。パワーファイターは形勢を一気に逆転させる理不尽な一発を持っているのだ。

インターバルを取らない形式での対戦だったので、二人はかれこれ十分以上も戦い続けていた。

カーツもカルミンも汗だくで、目だけが爛々と輝いている。

これほど積極的なカルミンは見たことがないな。獲物を狙う大型動物のような目で戦っているぞ。

いつもぼんやりとガムを噛んでいるだけのカルミンだが、こんな表情もするのだな、と新鮮な気持ちになった。

一進一退の攻防を繰り広げていた二人だったが、不意にキャンの動きが鈍った。スタミナを切らしたボクサーのように精彩のない攻撃をしている。

「魔力切れか？」

「いけ、カーツ！」

外野の子どもたちが叫ぶ。観客のほとんどは冒険者学院の生徒なので、ほとんどはカーツの応援だ。カルミンにとってはアウェイの試合である。

声援に押されたカーツが前に出てきた。剣を大上段に振りかぶって勝負を決める一撃を繰り出そうとしている。ところが、カルミンのキャンも動きを合わせて急加速してくるではないか。

ブラフ!?　カルミンは魔力切れのフリをしてカーツの油断を誘ったのだ！

下段からすり上げる剣がグフフを狙っている。トップスピードに乗った二つの機体はもう止まれなかった。

「うぉおおおおおおおおっ！」

「いっけぇえええええええっ！」

二本の剣が上下から交錯する。だが、一瞬だけ早かったのはカルミンだ。キャンの剣の切っ先がグフフの小手を撥《は》ね上げた。体勢を崩すグフフを返す剣が袈裟懸けに切り落とす。

勝負あった。誰もがそう思っていた。ところがカーツの執念は断ち切れていなかった。

「まだだぁああああっ！」

リンクが切れるその寸前に最大限の魔力を送りこんだのだ。

グフフはタックルでキャンを押し倒し、諸共に場外へ落ちていく。そして二体のモバイルフォースは動かなくなった。

周囲の観客は大いに盛り上がり、審判である俺の判定を待っている。

「勝者、カルミン！」

「ブー！」

一部の生徒からブーイングが起こったが、俺は判定を覆さなかった。

「場外で先に地面に落ちたのはカルミンだけど、カーツの方が先にリンク切れを起こした。よって
カルミンの勝ちだ」

なおも不平を言う観客を黙らせたのは他ならぬカーツだった。

「ヤハギさんの言うとおり。俺の方が先にリンク切れを起こしていた。だから俺の負けだ」

カーツが潔く負けを認めると、それ以上文句を言う生徒もいなかった。

俺はカーツに聞いてみる。

「どうだ、カルミンの実力は？」

「ああ、認めてやる。次は負けないけどな」

「そりゃ、どーも」

カルミンの態度はかわらずそっけない。だが、カーツの次の言葉を聞いて、目が点になっていた。

「というわけで、今日からお前は俺たちのチームだ」

「へっ？」

「ダンジョンに興味があるんだろ？　だったらいいじゃないか、一緒に行こうぜ」

強引に誘われてカルミンはもじもじしている。

「なんで？　あーし、王立学院の生徒だよ……」

「なんだよ、冒険者学院の生徒と組むのは嫌なのか？」

「そんなことない！」

「だったらいいじゃねえか」

「うん……」

カーツはそっぽを向き、カルミンは恥ずかしそうに俯いてしまった。

人生には忘れられない瞬間というのが何度かくるものだ。ひょっとしたら、カーツやカルミンにとって今がそうなのかもしれない。

四人はもう、次の探索に向けていろいろと話し合っている。

「ふう、それにしても腹が減ったぜ」

「これ上げる。あーしがいちばん好きなメロン味」

フルーツガムは四粒入りだ。四人でガムをシェアする子どもたちの姿を、俺も死ぬまで忘れない気がした。

冒険者メルルの日記　2

ユウスケさんが王都へ行くついでに私たちも連れて行ってもらった。ショックだった。だって、期待していたお屋敷がなかったんだもん！

あったのは高級住宅街に佇む、見慣れたぼろい一軒家だけ。ぼろいなんて言ったらユウスケさんに叱られるけど、今回ばかりはがっかりだ。

豪華なお屋敷で、カッコいい執事やかわいいメイドにかしずかれて贅沢に過ごすという私の夢は儚く散った。なんなのよ、期待したのに！

そりゃあ、ミシェルさんの料理は美味しいし、ロクジョウヒトマとやらは落ち着くし、フトンという寝具も悪くなかったけどさ……。伯爵なんだから庶民の夢を叶えてくれたっていいじゃない。まあ、いいけどさ。

駄菓子屋で冒険者学院の生徒たちと仲良くなれた。でも、ユウスケさんの恋人と間違われてびっくりしちゃったよ。まあ、私も大人の女だから、そんな風に見られても仕方がないのかな？　えへへ、正直に言って少しだけ嬉しかった。ミラもたぶん……。

だけど、浮かれている場合じゃないよね。こんなことがミシェルさんに知られたら、いらない誤

解をされてしまうかもしれない。そうなったら、王都は瓦解する。洒落や誇張ではなく、確実に瓦解するのだ。

最近でこそ、私たちをメスガキ扱いしなくなったけど、昔はずっと疑っていたからなあ……。

そういえば、ミラは失恋の痛手を乗り越えたようだ。まだユウスケさんのことを好きではあるみたいだけど、昔のように辛い夜を過ごすこともなくなったんだって。

まあ、人生は恋愛だけじゃない。そんなものはなくたって幸福な日々を過ごせると思う。とはいえ、私は早く彼氏が欲しいけどね。どこかにいないかなあ……。

私が現役の冒険者だと知って、カーツ君たちは憧れの大人を見るような目つきで私を見ていたな。いやあ、照れる、照れる。

まあ、やっぱり私よりもミラの胸の方が目立っていたけどね。スケベなガキどもめ！

でも、ダンジョン攻略についてのアドバイスとかは真面目に訊いていたな。利用価値の高い駄菓子についても訊かれたよ。私も先輩としていろいろアドバイスしてあげた。せがまれて魔物を倒すトラップの作り方も教えてあげたよ。

みんな初々しくてかわいかったな。私もつい最近まであんな感じだったのだろうか？　リガールなんてもっとかわいかったのに、今では生意気になったもんなあ。時の流れの速さを感じるよ。

カーツ君たちが慕ってくれたので、私の秘蔵の宝物を見せてあげた。三百袋も買って、ようやく出てきたモンスターチップスのＳＳＲカードだ。

ＳＳＲ：愛染明王《あいぜんみょうおう》　必殺技『弓天撃』数千の光の矢がすべての魔を祓う。

「これを出すためにモンスターチップスを三百袋も買ったんですか!?」

って、びっくりしていたな。かなり感心していたよ、みんな。ますます尊敬されたに違いないない

……。ん？　呆れられてたのか！

DAGASHIYA YAHAGI

第三話　ティッティーの病

俺の予定は大きく変わろうとしていた。当初は学院が休みの日は店も休みにしようと思っていたのだけど、そうもいかなくなってしまったのだ。

「ユウスケっちもダンジョンに来てよ」

「だよな。ヤハギさんがダンジョンで商売をしてくれたら俺たちも助かるぜ」

カルミンやカーツだけでなく、他の生徒にも頼まれてしまったのだ。

両学院の休日は一緒で、十日のうちに三日の休みがある。生徒たちはその休日を使ってダンジョンに潜るのだ。

俺としてもカルミンたちが心配である。一緒に居られる時間が少なくなるとミシェルは拗《す》ねたが、俺はダンジョンに店を出すことにした。

久しぶりにダンジョン地下一階に店を出した。この世界に来たばかりの頃、メルルとミラに連れられてやってきた場所がここである。

あの頃は営業鑑札を買う金もなくて、税金のかからないこの場所で商売をしたんだよなあ。サナ

ガさんやミライさんと初めて顔を合わせたのもこの場所だ。

この世界で過ごした数年が懐かしくて、何の変哲もない岩壁を見つめて感慨に耽《ふけ》ってしまった。

「あれ、ヤハギさん？　久しぶり！　どうしたのこんなところで？」

顔見知りの冒険者たちが俺を見て驚いている。一年見ないうちに逞《たくま》しくなったルーキーが多い。

「今日は特別にここで開店なんだ」

「マジかよ！　だったらロケット弾のくじを引かせてよ」

「俺にはジャンボカツをちょうだい」

学院の生徒だけじゃなく、何人もの常連さんたちが店に並んでくれた。

「ユウスケっちって、もしかして有名人？」

カルミンは不思議そうに俺を見ている。

「昔はダンジョン内で露店を出していたこともあるんだ」

「あ、もしかして、ヤハギ温泉ってユウスケっちの？」

「そうそう、ノームに教えてもらったんだよ」

カーツが俺の顔をまじまじと見て驚いている。

「ということは……ヤハギさんがあの有名な菓子爵様かっ！」

「知ってるの？」

「当たり前だよっ！　最強の女悪魔を完堕ちさせて配下にし、温泉を掘り当てて、現国王の軍事クーデターを背後から操ったという伝説の菓子爵だろ!?」

いや、温泉を掘ったことも、軍事クーデターに参加したこともない。ましてや陰の実力者的な立ち位置だなんてあるわけがない。さらに言えばミシェルは呪いの魔女であって最強の女悪魔ではないぞ！

それなのに、一緒についてきたミシェルは嬉しそうに大きくうなずいている。

「そうよ！　まさにそのとおりなの！　私はユウスケの魅力に完堕ちしたの！」

子どもになんてことを言うんだ。いつ俺が君を完堕ちさせた？　これでは自分が悪魔であることを肯定しているみたいじゃないか。他人に誤解を与えるような言動は慎むべきだ。噂が独り歩きどころか、全力疾走しているじゃないか。

「九割くらい誤った情報だぞ」

しっかりと否定しておいたけど、カーツは俺の言うことなどほとんど聞いていなかった。

「それにしたって伝説の菓子爵様じゃないか！」

今は伯爵だけど、また勝手な噂を立てられても困るから黙っておくとしよう。

「ところで、いつもの店舗と商品が違わない？」

カーツは見たこともない商品を手に取って首を傾げている。

「ここはダンジョンだからね。普段は店に置かない強力な商品も売ることにしたんだ。ここでは君たちを生徒扱いしない。君たちは全員冒険者だ」

そう宣言すると、カーツたちは神妙な顔でうなずき、限られた予算の中で真剣にお菓子を選びはじめた。

今日のゴートは背中に短弓をかけている。短弓は貫通力に劣るという欠点があるものの、取り回しがよく、速射性に優れる。そのためダンジョンではよく使用されるのだ。

基本的に戦闘は中・遠距離攻撃から始まる。攻撃魔法が使える者は魔法を、使えない者は弓を放って戦端をひらくのだ。

ゴートは器用で、弓の名手であるらしい。そんなゴートが10リムガムを二十個も買っていた。10リムガムは魔力を補充してくれるお菓子だ。攻撃魔法を使わないゴートがどうしてこんなに買うのだろう?

「ずいぶんたくさん買うんだな。矢に付与魔法でもつけるのかい?」

「半分はキッカの分なんだ。こいつは貫通力が弱いから、キッカが風魔法で威力をあげてくれるんだよ。だから感謝のしるしに……」

クールなゴートが少しだけ照れていた。女の子に何かをプレゼントするというのが、まだ恥ずかしい年ごろなのかもしれない。

「追い風で矢の威力を上げるわけか。だったらこんなのもあるぞ」

俺は新しいお菓子のポットを取り出した。

商品名:ミントス・ミニ
説明　:ミント味のチューイングキャンディー。イチゴ、オレンジ、レモンの三種類。
食べると風魔法が強化される。

値段：30リム

「風魔法を使うときの消費魔力も抑えられるからお得なんだ」

「うん、パッケージもかわいいね。三種類もらおうかな」

10リムガムとミントス・ミニを買うと、ゴートはさっそくキッカにプレゼントしていた。

「そんな気を使わなくてもいいのに」

「いつも世話になっているから」

「ありがとう。あとで分けて食べようね」

「ああ」

なんだろう？　なんてことない会話なのに青春の匂いがプンプンしてくる。ゴートとキッカのところだけ桜の花びらが舞っているような幻覚が見えるぞ。

「まーったく、あいつらを見ているとイライラするぜ」

カーツが頭をかきながら嘆いている。

「羨ましいのか？」

「そうじゃねえ！　あいつら、相思相愛のくせにぜんぜん進展がねーんだよ」

そういうことか。

「さっさとコクればいいのに、ゴートの奴、グズグズしやがって」

「別にいいじゃん。それぞれのペースで恋愛していけばいいんだよ」

ガムを膨らませるカルミンはのんびりしたものだ。

「かぁ～っ、情けねえ」

「だったらアンタもさっさとミラさんに告白したらぁ？」

「うぐっ」

カルミンに指摘されたカーツは一気に挙動不審になった。

「そ、それは、もう少し俺が成長してからっていうか、いっぱしの冒険者になったらっていうか……」

カーツはミラが好きなのか。上はマニさんから下はカーツまで、本当にミラはあらゆる年代からモテるなあ。

でも、いまだにフリーなところを見ると、ひょっとしてミラの理想が高いのか？　それとも恋愛に興味のないタイプ？

「カーツだって情けないのぉ」

「そういうお前はどうなんだよ、カルミン？」

「あーし？　あーしは恋愛とかいいよ。ユウスケっちがいて、みんながいればそれでじゅうぶんなんだ……」

ほんわかとカルミンが答えると、大きくなった風船ガムがパチンと弾けた。

なるほど、そういう幸せもある。見知らぬ世界へやってきて、ずっと自分の居場所を探していた俺だから、カルミンの気持ちはよくわかった。

早朝にルガンダのダンジョン前で店を開いていると、浮かない顔のマルコがやってきた。

「おはよう、マルコ。なんだか元気がないね」

「昨晩からティッティーが体調を崩しているんです」

マルコはソワソワと二人の家がある方を眺めた。この瞬間も家で休んでいるティッティーが心配なのだろう。

ルガンダはまだまだ発展段階で医者は一人もいない。ティッティーが唯一の治癒士として頑張ってくれていたのだが、その彼女が病気になってしまうとはなんとも困った事態だった。

「治癒士って、自分の病は治せないの？」

「私も訊いてみたのですが、どうしても魔法に集中できないそうです。ヤハギさん、万能薬はありませんか？」

「ああ、あれか……」

以前、うちの店には『ダンジョン攻略10リムゲーム』というレトロゲームがあった。とても難しいゲームだったのだが、それの景品がエリクサーだったのだ。

だが、10リムゲームはもう存在しない。実はゲーム機の入れ替えがあって、10リムゲームはなくなってしまったのだ。そのかわり『侵略者』と『パックンマン』というビデオゲームが登場した。

景品などは出ないが、メルルがはまっている。ランキングのベストテンには常に名前を残す入れ込みようだ。相変わらず熱くなる性格は治っていない。

治癒士はティッティーしかいないので彼女を診る人がいないのは問題である。

「俺もこのあと見舞いに行ってくるよ。症状が酷いようならミシェルに来てもらうから安心して」

「それはよかった。本人はたいしたことないって言うけど、ちょっと様子が変なんです。よろしくお願いします」

マルコはチーム・ハルカゼとダンジョンに入り、俺はティッティーのところへ向かった。


マルコたちの家へ行き、ドアをノックしたけど返事はなかった。

「おーい、ティッティー、いないのか？　俺だ、ヤハギだよ」

ティッティーは家にいるとマルコは言っていたのに変だな。耳を扉に当てて中の様子をうかがうと、小さなうめき声が聞こえてきた。そこに嘔吐の喘ぎが交じる。

「ヤハギ……、助けて……」

「ティッティー！」

慌ててドアを開けて室内に入った。

ティッティーはかなりやつれていた。肌は潤いを失い、ぷっくりとしていたくちびるには皺が寄っている。頬なんてげっそりと落ち窪んでいた。

「お、おい……」

「ヤハギ……、粉末のぶどうジュースを……」

「粉末……？　お、おう。すぐに用意するから待っていてくれ！」

台所に飛び込み、汲み置きの水を探した。

それにしても粉末のぶどうジュースだと？　数あるものの中でもこれを選ぶとは何事だろう。

俺が扱う粉末ジュースにはいろいろな効果があるのだが、ぶどう味の特性は解呪だ。まさか、ティッティーは呪いにかけられたのか？

ふらつくティッティーを支えながらぶどうジュースを飲ませた。

「どう？」

「少し楽になったわ。やっぱり呪いの症状だったみたいね」

ぶどうジュースは軽い呪いを解いてくれるが、しょせんは駄菓子である。専門の薬ではないので効果は限定的なのだ。完全な解呪には至っていないようで、ティッティーは青白い顔のまま、だるそうに横になった。

「どういうことなんだ？」

「数日前から呪いの症状が出始めたのよ」

「誰かに呪われているってこと？」

「もしこれが呪いなら、身に覚えがありすぎて犯人はわからないわね」

ティッティーは皮肉気に自嘲する。王妃だったころのティッティーは散財し放題だったから、敵も多いのだろう。マルコと知り合い、ルガンダに流刑になってからは住民のために尽くしてくれているけど……。

「あとでミシェルを連れてくるから診てもらうといい」

「これくらい自分で治すわよ」

「つまらない意地を張るなよ。それができるのならとっくにやっているだろ？　マルコだって心配しているんだ。早く治しちまえ」

「…………」

マルコの名前を出すと、ティッティーもそれ以上は拒否しなかった。恋多き女として数々の浮名を流したティッティーだけど、今はマルコ一筋のようだ。

「とりあえず、ぶどうジュースを十袋おいていくから、苦しくなったら飲むんだぞ」

水差しやコップを用意してからティッティーの家を出た。


王都に戻ってからも、ティッティーの容体が心配で落ち着くことができなかった。ぶどうジュースで少しは症状が治まったみたいだけど、いつ発作が起きてもおかしくない気がする。

ミシェルは授業があるので帰ってくるのは日が落ちてからだけど、それでは間に合わないかもしれない。少し迷ったけど『臨時休業』の札を張って店を飛び出した。

王立学院に入るのは初めての経験だった。生徒でも先生でもないのだから当たり前か。学院の敷地は高いフェンスで囲まれていて、門もお城のように立派だった。上級国民が通う施設は金がかかっている。

　門の横には守衛小屋があり、精悍な顔つきをした門衛が絶えず目を光らせていた。門は固く閉ざされているので、中に入るにはここで許可をもらうしかない。

「こんにちは。私は矢作《やはぎ》祐介《ゆうすけ》と申しまして、ミシェルという教師の知り合いです。緊急の用事があってミシェルの研究室に行きたいのですが、通してもらえますか？」

　このように声をかけたのだが、門衛は胡散臭そうに俺を見るだけだった。

「ミシェル先生の知り合い？　それを証明するものは？」

「そんなものはないです」

「本学院は関係者以外立ち入り禁止だ。お引き取りを願おう」

「彼女の親族が病気で、一刻も早く伝えなければならないのです。なんとか連絡を取ってもらえませんか？」

　丁寧にお願いしたのだが、門衛の態度は変わらなかった。それどころか、面倒事にはかかわりたくないといった態度で俺を追い払いにかかるではないか。

「帰れ、帰れ。ここは一般庶民が来るところじゃないぞ」

　うーん、こちらが爵位持ちと言っても信じてくれそうにないな。急いでいたから普通の服装、しかも徒歩で来てしまったのだ。

　ここは王侯貴族の子弟が通う学院だから、この人も悪意だけで通せんぼをしているわけじゃないのだろう。

さてどうしようかと困っていたら、広場の向こうからカルミンが走ってきた。

「ユウスケっち、何してんの？」

「おお、カルミン。ミシェルに用があって来たんだけど、中に入れてもらえないんだよ。悪いけど、カルミンが呼んできてくれないか？」

「いいけど、もうすぐ次の授業が始まっちゃうんだよね」

カルミンは門衛の方を向いた。

「ユウスケっちを中に入れてあげてよ」

「カ、カルミン様のお知り合いで？」

門衛の顔が気の毒なくらい青くなっている。なんで？

「うん、大切な人。パパも一目置いている人だよ」

「なっ……」

カルミンの言葉に門衛の顔色は青から白になってしまった。

「失礼しましたぁあああ！」

どうやら通行許可が下りたらしい。しかし、カルミンのパパ？　俺はてっきり母子家庭かと思っていたのだが、そうではなかったようだ。

「カルミンのパパって、俺の知り合い？」

「うん」

「誰なの？」

「内緒」

言いたくないみたいだ。いろいろと事情があるのだろう。でも、俺の知り合いで、俺に一目置いている人……？

まさか、エッセル宰相!?　でも、宰相の屋敷に招待されたときに家族を紹介されたけど、そのときにカルミンはいなかったぞ。エッセル夫人が治癒院で働いているわけないし……。

ひょっとして隠し子か？　貴族には多いようだからあり得る話だ。それにしてもエッセル宰相がねえ……。温厚そうな顔をして、とんだスケベオヤジだったわけだ。

「ミシェル先生の研究室はあっちだよ」

「ありがとう。そうそう、今日の駄菓子屋は臨時休業だ。ごめんな」

「え……」

カルミンはとても悲しそうな顔になってしまった。

「そんな顔するなよ。明日はちゃんと店を開けるからさ」

「うん……」

カルミンはいきなり近づいてきて俺のみぞおちに軽くおでこをくっつけた。

「ユウスケっちがあーしのパパならよかったのに……」

「おいおい、せめてお兄ちゃんポジションじゃダメか？」

俺を見るカルミンの顔に、さっきまでの悲しみはもう消えていた。

「あははは、それでもいいか。それじゃあねー」

手を振りながらカルミンは走って行ってしまった。なんとなくだけど、またあの子の孤独を垣間見た気がする。なんとも切ない気持ちがこみ上げたけど、とりあえず俺はミシェルの研究室に急いだ。

尋ね当てたミシェルの研究室は異彩を放っていた。ドアを飾るのは枯れた紫の薔薇を咥えた髑髏の紋章で、その周囲には数々の護符が張られている。

壁から生えた恐竜の手みたいなのがドアを押さえているけど、これはロックか？　ぶっとい爪が扉に食い込んでいる。

だが、この程度で動じる俺ではない。ミシェルなら地獄の番犬を繋いでおいたって不思議じゃないのだ。

軽くドアをノックして返事を待った。

「何者だ？　名を名乗れ……」

迫力のあるくぐもった声が聞こえてきたぞ。先生として舐められないようにキャラを作っているんだな。ミシェルなりに苦労しているのだろう。

まだ付き合う前、ミシェルが死神ミネルバに偽装していた頃を思い出したよ。認識疎外の魔法をかけられて、あの頃はミシェルを男だと勘違いしていたんだよなあ。それもこれも懐かしい思い出だ。

「俺、ユウスケ」

「ユウスケ!?　どうして？　今、結界を解除するから待っていてね♡　帰っちゃダメだよ」

俺が名乗るとミシェルはいつものかわいい声に戻り、それに続いて詠唱の声が聞こえてきた。ドアを押さえる恐竜の前足がブルッと震え、爪が外れる。

軋《きし》みを立てて開いたドアの前にははにかむミシェルが立っていた。

「なんだか厳重なロックなんだね」

「ここには危険な書物や薬品があるから、簡単には入れないようにしてあるの」

それなら仕方がないか。

「嬉しいわ。入って、中を案内するから。のどは乾いていない？　お茶を淹れるわ」

「いや、のんびりはしていられないんだ」

俺はティッティーの様子を説明した。

ティッティーのことを聞いてもミシェルは淡々としていた。ことさら心配する態度でもないけど、冷たく突き放すという感じでもない。だから俺も、姉妹に関する余計なことは一切触れなかった。

「少し引っかかるわね」

「何が？」

「ティッティーはかなり用心深い性格よ。おそらく普段の生活でも呪いをレジストする備えは怠っていなかったはずだわ。私の呪いでさえ撥ね返したことがあるんだから」

「だとしたら、強力な術者が呪いをかけたってこと？」

「私より強力な術者か。うーん……」

そんな人はいない気がするなあ。

「でもさ、粉末ジュースのぶどう味は効いたんだ。あれの効果は解呪だろ？」

「そうね。でも、ティッティーが確実に呪いにかかったという証拠にはならないわ。似た症状の病気にも一定の効果があるお菓子だから……」

現時点ではミシェルにもはっきりとしたことは言えないようだ。

「とにかく、ティッティーを診察してみないとダメね。今から行きましょう」

「仕事はいいのか？」

「午後の授業は休講にするわ。それか、他の先生に代講を頼んでみる」

「悪いな」

「ユウスケが謝ることないじゃない。ティッティーのすべてを許したわけじゃないけど、今のあの子はルガンダのために頑張っていることは事実だもん。みんなのためよ」

必要な手続きを済ませて、俺とミシェルはルガンダに飛んだ。


厳しい顔つきでティッティーを診ていたミシェルが大きなため息をついた。

「だいたいわかったわ。似ているけど、やっぱりこれは呪いじゃないわね。副作用よ」

俺は意外だったけど、ティッティーは思い当たる節があったようで何も言わない。

「副作用？」

ミシェルは苦々し気に肯定した。

「ええ。ティッティー、呪禁融合に手を出したでしょう？」

「チッ……」

悔し気な舌打ちが肯定の証だった。

「呪禁融合って何なんだ？　俺にもわかるように説明してくれよ」

「禁術の一つよ。ざっくり説明すると、違った波長の魔力を混ぜ合わせて大きな力を得る術なの。ただし、それをやると反動が大きくて、失敗するとこんな風に呪いにかけられたような症状がでるのよ」

「ふん、私はてっきりミシェルが呪いをかけたのかと思っていたわ」

ティッティーは思ってもいない憎まれ口をたたいている。

「どうして呪禁融合なんてしようと思ったんだよ？」

「…………」

答えないティッティーの代わりにミシェルが教えてくれた。

「たぶん、慢性的な魔力不足だったのよ」

「どういうこと？」

「治癒魔法は大量の魔力を使うの。冒険者相手に毎日頑張っていれば、一晩寝たくらいじゃ回復がおぼつかなくなるくらいにね。それによって総魔力量も落ちてしまうことがあるのよ」

「それをなんとかしようとして呪禁融合をしたのか……。すまない、ティッティー。君にばかり頼って」

「別に……。ちょっと試してみたかっただけよ」

ティッティーはそっぽを向いてしまった。

「とりあえず治療するけど、根本的に治すには時間がかかるわよ。治療薬の材料集めが厄介ね……」

ミシェルは小さなため息をついた。

「治療薬があるんだね？」

「あるにはあるけど、劇的な効果があるものじゃないの。ゆっくり、しっかりと治していくしかないわ。それにはアマニ草を大量に集めなくてはならないんだけど……」

「問題があるの？」

「ダンジョンの浅い階層に生えているありふれた草だけど、薬屋で扱うようなものじゃないのよ。薬草というよりは雑草の類ね」

需要がないから、集める人もいないということか。そんな何気ない草がティッティーにとっては治療薬になるわけだ。

「だったら俺が集めるよ」

「ユウスケ（ヤハギ）が？」

二人は異口同音に口を開いた。

「どうせダンジョンにはしょっちゅう潜るんだ。そのついでに探してみるさ」

ルガンダと王都を行き来するとき、学院の生徒たちのために店を開くとき、機会はいくらでもある。

「危ないわ。アマニ草を探しているとき、モンスターに襲われたらどうするのよ」

ミシェルは心配で仕方がないらしい。だけど、いくら俺でも地下一階や二階程度なら、もう平気だぞ。駄菓子やおもちゃだってある。

「心配しなくても平気だって。俺もそこそこ慣れてきたからさ。それに……」

「それに何よ？」

ミシェルはまだ反対みたいで不機嫌だ。

「ミシェルはもうすぐ俺と結婚だろ？　ということは、ティッティーは俺の妹になるわけだ。ほっとけないよ」

そう言うと二人はぽかんとして黙ってしまった。やがて、正気を取り戻したミシェルがティッティーの後頭部を軽くはたいた。

「な、なに赤くなってんのよ！」

「べ、別に赤くなってないわよ！　赤くなってんのはミシェルの方でしょう。いい年して恥ずかしい」

「だって、ユウスケがいきなり結婚のことを言うんだもん。アンタこそ妹とか言われて照れてんじゃないわよ！」

「うるさいわね！　根暗の姉しかいないから、ちょっとお兄ちゃんに憧れてみただけよ」

二人はまたつまらないことで姉妹喧嘩をはじめた。

「言い争いはやめろって。とにかくアマニ草は俺が探すよ。そうじゃなくてもダンジョンには毎日のように行くんだから、ついでだろ？」

　ことを分けて話すと、ミシェルも最終的には承知してくれた。

「ティッティー、具合はどうだ？」

「ミシェルの魔法と薬が効いてきたみたい。さっきよりだいぶマシになったわ」

　顔色もよくなってきているな。

「油断をするとひどい目に遭うわよ。定期的に頭痛、めまい、不眠、ホットフラッシュに襲われるんだから」

「なんだか更年期の症状みたいだな」

「ほんとね」

「そんな年齢じゃないわよ！　まだ二十代の女の子をつかまえてなんてことを言うのかしら……」

　ティッティーはブツブツと文句を言っている。なにかお見舞い代わりのお菓子でもやるとしようか。

商品名：果実グミ
説明　：天然果汁を使ったフルーツグミ。ぶどう、いちご、みかん、など数種類。
　　　　ザクロ味は更年期の症状を和らげてくれる。
値段　：100リム

「これ、お見舞いにやるよ」

「だから更年期じゃないってばっ！」

ティッティーはプンプンと怒っていたけど、朝よりはずっと元気そうだった。きっとミシェルの治療がよかったのだろう。

だがこれは対症療法に過ぎない。根本治療は俺の集めるアマニ草にかかっているのだ。

薬とグミを置いて、俺とミシェルはティッティーの家を後にした。


アマニ草探しの日々が始まった。早朝はルガンダに戻って政務と駄菓子屋の業務をこなし、昼はアマニ草を求めてダンジョンをうろつき、放課後は王都で駄菓子屋をする日々だ。

店に来たカルミンたちと喋っていたら、なんとなくアマニ草の話題になった。

「え～、ユウスケっちもダンジョンに潜っているの？」

「アマニ草を集めるためだから地下一、二階だけだけどな。知り合いの病気を治すのに必要なんだ」

「どれくらい要るの？」

カルミンはいつになく真剣な顔だ。

「それが大量でさ、いくらあっても足りないくらいなんだ」

「だったらあーしも探してあげる」

「俺たちに任せろよ」

いっしょにいたカーツたちも手伝いを申し出てくれた。でもこれはいいことかもしれない。アマニ草を買い取れば学生たちはこづかい稼ぎになるし、俺も大量のアマニ草が必要だから助かる。どちらにとっても得な話だ。

「そうか？　だったらちゃんと買い取るから、お願いしようかな」

「買い取りアイテムか！　いよいよ俺たちも冒険者っぽくなってきたな！」

カーツたちは興奮して喜んでいる。

「でも、絶対に無茶はするなよ。アマニ草が生えているのは地下一、二階だけど、油断しないでくれよな」

「わかってるって。大量に集めて紐くじ十連してやるぜ！」

言っていることはまだまだ子どもだけど、頼もしい限りだった。

学院が休みの日にダンジョンへ向かおうとすると、カーツたち四人もちょうど出発するところだった。店の前で待ち合わせをしていたようだ。

「おはよう、ヤハギさん！」

「今からかい？」

「おう、しっかり稼いでくるぜ！」

鉄の胸当て、ショルダーとエルボーの革ガード、鋼板入りのブーツ。カーツたちはなかなかいい装備をつけている。

冒険者学院の生徒は裕福ではないと言われるけど、それは王立学院に比べればの話だ。三人の実家も騎士や上級兵士だからそれなりに金はある。ポーターをしていたリガールに比べれば破格の装備なのだ。

それにしてもカルミンの装備は別格だな。いっけん普通の服に見えるのだが、アンチマジック効果や物理耐性もかなり高いようだ。

非常に珍しいドラゴンの革で仕立ててあるとミシェルが教えてくれた。とんでもなく高価な服で、そこいらのブティックで買えるような品ではないそうだ。

もっとも俺が皮鎧の下に着ているハートマーク入りのセーターはもっとすごいけどね。呪いの魔女が半年もかけて編み込んだアーティファクト級の服だぜ。

ただ、ひとつひとつのハートマークの中には、俺とミシェルの名前が細かく編み込んであるんだよね……。恥ずかしくて、人にはとても見せられない。子どもたちの前で鎧は絶対に脱がないと心に誓った。

意識していなかったせいでこれまでは見落としていたけど、アマニ草はけっこうたくさん生えていた。見た目はクローバーを赤くして、サイズを五分の一くらいにした感じの草である。

刺身のツマになる紅蓼《べにたで》をもう少し大きくした感じと言った方がより正確だろうか。群生するらしく、壁際などにびっしりと生えていることが多かった。

「いい感じで見つかるけど、モノが小さいから量はあんまないね」

カルミンはブチブチとアマニ草をちぎっては麻袋に詰めていく。

「根っこは抜かないようにしてくれよ。そうすればまた生えてくるからな」

「はーい」

カルミンの言うとおり、量がなかなか集まらない。薬を作るには大量のアマニ草が必要である。

もっと効率的に見つけられないだろうか？

千里眼を使えば簡単だけど俺の魔力がもたないからなあ……。そうだ、駄菓子を使って嗅覚を上げてみるか！

商品名：本家　梅ジャム
説明　：梅の実を使った甘酸っぱい小袋入りジャム。
**　　　　食べると嗅覚がアップする。**
値段　：10リム

これも懐かしいお菓子だよな。俺も子どもの頃に薄いせんべいなどに塗って食べた記憶がある。

こちらでは梅の香りが鼻から抜けると嗅覚が犬並みにアップするのが特徴だ。

持続時間は三十分ほどだけど、アマニ草を探すのには便利かもしれない。なんといっても値段が10リムと安く、費用対効果は抜群だろう。

さっそく四人組にも配ったけどカルミンは不安そうな顔をしていた。

「本当に大丈夫？　もしカーツがおならをしたとして、ショックで死んだりしない？」

「おい、失礼だぞ！　俺の屁はそんなに臭くないからな」

「いやいや、死ぬほど臭いっしょ！」

ゴートもキッカもウンウンとうなずいている。

「安心しろ。犬だっておならを嗅いでも死なないだろう？　それと同じさ。嗅ぎ分ける能力が高くなるだけで、臭さが倍増するわけじゃないんだ」

そう言って納得させると四人は梅ジャムを食べていた。

「あ、思っていたより酸っぱくない」

キッカが顔をほころばせる。

「だろう？　試行錯誤して開発された商品みたいだからな。酸っぱいのが苦手なメルルも、これなら喜んで食べるんだぜ」

疑わし気にミラのジャムを少しだけ舐めた直後、すぐに自分の分も買っていたもんな。

「あれ、なんかいい匂いがしないか？」

ゴートが空中に鼻を向けてゆっくりと回転している。冷静なゴートは周囲の状況変化を見逃さない。

「いい匂いってなんだよ？」

カーツも同じように鼻を動かすけど、感じ取れていないようだ。

「あっちだ」

ゴートが匂いの場所を特定したのでみんなで進んでみる。数歩行ったところで俺にもわかった。爽やかな甘さを持ったシトラス系であり、森の緑を思わせる感じもする。

「心惹かれる香りだけど、モンスターの罠ってことはないよな？」

香りや声で人の心を惑わせるモンスターもいるのだ。艶めかしい美女の声につられてフラフラと行ったら、醜悪なモンスターに頭を齧られてしまった、なんて話は掃いて捨てるほどある。

「大丈夫だよ。この匂いはたぶんライゼンの花だから」

キッカは自信が有りそうにうなずいた。

「よくわかるな。キッカは植物に詳しいのかい？」

「植物だけじゃないぜ。キッカはモンスターや鉱石なんかにも詳しいんだ」

照れる本人の代わりにカーツが教えてくれる。なんでも博物学の成績は常にA＋だそうだ。

本当は薬草を集めなくてはならないけどライゼンの花とやらも気になった。それくらい魅力的な香りだったのだ。

「よし、行ってみようぜ」

普段は行かないような地下一階の外れに向かって歩くと、袋小路になった一角にオレンジ色の花が咲いていた。

「これがライゼンか」

形は水仙によく似ているけど、香りはずっと素晴らしい。

「ライゼンは病人から苦しみを取り除く香りがすると言われてるの」

「ほんとか、キッカ？　だったら高く売れるんじゃね？」

カーツが興奮している。

「そうね、平均的な買い取り価格は３０００リムくらいのはずよ」

ルーキー冒険者の臨時収入としてはかなりいいだろう。学院の生徒にとってはいい小遣いだ。病人から苦しみを取り除くというのなら、ティッティーに持っていってやったら喜ばれるだろう。

「俺に買い取らせてくれないか？」

最初に見つけたゴートに聞いてみる。

「お金はいいよ。ヤハギさんが持って行って」

「あーしもいいや」

「うん、私も」

「ぐっ……、ま、まあ、いいか。俺もいらねっ！」

優しい子どもたちだ。俺は１０００リム銀貨を四人に一枚ずつ配った。

ティッティーside

仕事から戻ってきたマルコはすぐに室内の香りに気が付いた。一日の疲れがスッと抜けていくような気持ちになる芳香が家の中に満ちている。

「ただいま。この匂いはなに？」

そう言いながら寝室に入っていくと、ティッティーはベッドの上で起き上がっていた。いつもよりずっと具合がよさそうに見える。最近は病苦から眉間に皺を寄せていることが多いティッティーだが、夕日に照らされた顔には柔和な表情が浮かんでいた。

「おかえりなさい。さっきまで、姉さんとヤハギが来ていたの。お見舞いにってライゼンの花をくれたのよ」

窓辺には可憐な花が西日に照らされて輝いていた。

「これがライゼン？」

「ええ、病人にとっては垂涎《すいぜん》の花なのよ。ヤハギがダンジョンで見つけてくれたんだって」

「そっか、ヤハギさんには感謝しかないな」

「そうね……。もちろん私はマルコ一筋だけど、兄ができるっていうのも悪い気はしないわね」

二人は肩を並べてライゼンの花の香りを大きく吸い込む。看病する方も看病される方も、どちらも久しぶりに穏やかな気持ちで肩を寄せ合うことができた。

冒険者メルルの日記　3

ティッティーが病気になってしまったと、マルコに教えられた。容体はけっこう悪いらしい。ティッティーを心配するせいでマルコの注意力も散漫になっている。マルコもプロの冒険者だから、戦闘時はきっちり自分の役目を果たしてくれるけど、移動中は心ここにあらずってありさまだった。

本人は大丈夫と言っていたけど、とてもそうとは思えない。得られるお金は少なくなってしまうけど、今日は奥のほうまで行かず、比較的浅い階層で討伐をした。

長い人生にはこういう日もあるだろう。チーム・ハルカゼのリーダーとしてリスクは取らないことを心掛けた。今日得られる大金よりも、生き残ることが肝心なのだ。

うん、この言葉はなかなかいいな。次回、カーツ君たちに会ったら伝えるとしよう。彼らはますます私を憧れのお姉さんとみなすはずだ。

一日の仕事を終えて、みんなでティッティーのお見舞いに行くことにした。もともとは嫌な女だったけど、今では誰もが頼りにするルガンダの治癒士さんだ。マルコと暮らすようになってから、

ますます優しくなっているとも思う。

私たちは花を摘み、手作りのハーブティーなどを持参してティッティーのところへ行った。ところが、ティッティーは私たちの面会を拒んできた。

「ごめん、みんな。会いたくないって」

マルコがすまなそうに頭をさげた。

「そんなに具合が悪いの？」

「ノーメイクの顔を見られたくないと言っているんだ」

ティッティーって、いまだに普段からばっちりメイクなんだよね。マルコもすっぴんはほとんど見たことがないらしい。すっぴんでも美人だってのろけていたけどさ……。

「たぶん、やつれた姿をみんなに見せたくないんだと思う。プライドの高い人だから……」

「そんなにひどいんだ」

「ひょっとしたら、なにがしかの呪いかもしれないんだ……」

マルコは苦しそうにそう言った。

「呪いのせいで顔が腫れてしまって、それで私たちに会いたくないってこと？」

「そうではないよ。ただ、頭痛やめまいがして、体が熱くなるんだって。夜も眠れないみたい」

容体は朝より悪くなってしまったそうだ。

「明日になってもよくならないようなら、ユウスケさんに相談してみたら？」

「うん、そうするよ」

うなずくマルコの顔が少しだけ明るくなった気がした。私たちもそうだけど、マルコはユウスケさんに絶対の信頼を置いているからね。

会いたくないというものは仕方がない。私たちは花とお茶をマルコに託した。だけど、帰りがけに、私はふと気になったことをマルコに尋ねた。

「もしも……、もしもだよ。ティッティーの顔が呪いで醜くなっても、マルコは彼女を愛せるの？」

「愛せるよ」

即答だった。私は念を押さずにはいられない。

「本当に？」

「うん。ただ、ティッティーは俺にそんな顔を見られたくないと思うんだ。だから、そのときはダンジョンに潜って、オイプスの像に触ってくるよ」

私は言葉が出なかった。オイプスの像はダンジョン地下四階にある呪いの像だ。ボロボロの服を纏った男の人で、彼の眼は潰れている。この像に触れると視力が奪われてしまうのだ。

「見えなくなってもいいの？」

「それで幸せなんだよ」

そういえば、似たような話をユウスケさんがしてくれたことがあった。あの物語のヒロインはシュンキンという名前のお嬢様だったかな。ユウスケさんの故郷であるニホンの話らしい。

世の中にはいろいろな関係があるんだなあ……。なんだか切ない気持ちになってしまった。

久しぶりにマルコが晴れやかな顔でやってきた。ユウスケさんがミシェルさんを連れてきてくれたそうだ。病気はなんとかの副作用で、お薬で治るそうだ。

ただ薬を作るには大量のアマニ草が必要になるらしい。当然、私たちもアマニ草集めを手伝うことを約束した。

なんだかほっとしたよ。これでマルコの目が見えなくなることは避けられた。マルコなら本気でやりそうだもんね。実は、ミシェルさんと同じくらいアイツの愛は重いのだと思う。

第四話　チョコレートエッグ

アマニ草探しの日々は続いていた。ミシェルの作る薬のおかげでティッティーは小康状態を保っているそうだ。だが、呪禁融合の副作用が根本から治ったわけではない。

最近は体の調子もよく、治癒士としての仕事にも出ているらしいが、いつ発作が起きてもおかしくはないのである。

毎日の生活に薬は欠かせなく、完治までどれくらいかかるかはミシェルにもわかっていなかった。

本日は生徒たちの他にチーム・ハルカゼのメンバーも王都のダンジョンに来てくれた。もちろん転送ポータルのことは生徒たちには内緒だ。メルルたちは陸路でやってきたことになっている。

「いつもすみません。今日は自分も頑張りますので」

マルコがすまなそうに頭を下げた。

「そうかしこまるなよ。頑張って大量のアマニ草をゲットしような」

俺としてもティッティーが治癒士としてルガンダで頑張ってくれるのはありがたい。みんな助け合って生きていけばいいのだ。

ゴートが敵の攻撃を受け止めると、カーツとキッカの剣がモンスターの胴体を切り裂いた。敵は巨大なマイマイで、地下一階では強力な魔物に分類されるモンスターだ。

巨大マイマイは二体いたけれど、もう片方はカルミンが土魔法で引きとめている。

「まだなの？　あーしの土爪もそろそろ限界なんだけど！」

「おう、こっちは片付いた。すぐに行く！」

カーツの声にゴートの矢が重なる。キッカの風魔法で威力を増した矢は巨大マイマイの殻を貫いた。

「こいつでとどめだ！」

大きく踏み込んだカーツの剣が頭部に食い込み、巨大マイマイは煙となって消えた。

「カーツ君たちは逞しくなったなあ」

実習直後の頃と比べたら雲泥の差だ。現役冒険者であるメルルから見ても、その実力は評価に値するようだ。

「地下二階でも十分通じる実力があると思うよ」

「本当か、メルルさん？」

「うん、油断しなければじゅうぶんやっていけるよ。今日はこのまま地下二階へ行ってみる？」

「行きたい！」

四人は一斉に応じた。

「大丈夫か？」

俺は心配だったが、チーム・ハルカゼの四人は太鼓判を押す。

「これだけの装備と実力があれば問題ないよ。それに私たちが一緒だから」

メルルたちはもうルーキーじゃない。主砲のミラとリガール、攻防に優れるメルルとマルコ。チーム・ハルカゼは今やルガンダのトップチームだ。

「君たちがそういうのなら、信じるよ。ついでに温泉へ寄っていこうぜ。ラムネくらいならご馳走するからさ」

そう提案するとカーツたちは歓声を上げた。


討伐をしつつ、アマニ草を集めながら地下二階までやってきた。カーツたちは地下二階でも臆することなく、積極的にモンスターを討伐している。

「この先が温泉だよ。エリアに入ればモンスターは出現しなくなるから安心していいぞ」

「ついに憧れのヤハギ温泉かあ」

カーツは感慨深げにうなずいている。

「あーし、温泉に入るなんて初めてだよ」

「俺だって」

ダンジョン初心者にとって温泉にたどり着くことは最初の目標みたいになっているらしい。温泉前の広場までやって来ると四人はきょろきょろと周囲を見回した。

「すげえ……、俺たちもついにヤハギ温泉にたどり着いたんだ」

「ああ、これでようやく冒険者としての入口に立ったたって感じだよな」

カーツとゴートは肩を組んで喜び合っている。

「早くお風呂に入ってみようよ。あーし、待ちきれない」

「私も」

カルミンとキッカはソワソワと温泉の入口を覗いている。

「それじゃあ私が案内してあげるわね。いらっしゃい」

ミラは二人を連れて女湯へ入っていった。その後ろ姿を見送りながらカーツが呟く。

「羨ましい。ミラさんとお風呂に入れるだなんて……」

「気持ちはわかるけど、間違っても覗こうなんてするなよ」

「わ、わかってるって！　ちょっと言ってみただけだし……」

カーツとゴートもリガールたちに連れられてお風呂に行った。俺も一風呂浴びたい気分だったけど、そうもいかなかった。

「ヤハギさん、久しぶり。ちょうどよかった、久しぶりに風呂上がりのラムネが飲みたかったんだよ」

「ヤハギさん、マッサージ用の水鉄砲が壊れちゃってさあ。新しいのある？」

顔馴染みがたくさんいて、のんびりと温泉に浸かっている暇はなさそうだった。

「わかったよ、すぐに店をだすね」

「おっ、見たことのないお菓子があるぞ。この果実グミとやらを一つもらおうか」

忙しくなりそうだったけど、昔馴染みが喜んでくれる顔が見られて嬉しかった。

女の子たちが風呂から出てきた。最初に新商品に目を付けたのはメルルだった。彼女は新しいものに目がない。

「なにこれ？　チョコレートエッグ？」

「さすがはメルルだ。じつはそれ、さっき出てきたばかりの新商品なんだ」

商品名：チョコレートエッグ（ファミリアシリーズ）
説明　：使い魔《ファミリア》の入った卵型のチョコレート。
**　　　　開封した人は中に入っている使い魔を使役できるようになる。**
値段　：３００リム

「ファミリアなんて楽しそうじゃない。十個ちょうだい！」

大人買いをしようとするメルルを諫めた。

「言っておくけど、ファミリアを十体はべらそうとしても無駄だからな」

「どうして？」

「一人につき、ファミリアは一体しか使役できないのさ」

新しいのを開封した時点で、古いファミリアは消えてしまう仕様になっている。

「なーんだ。大量のファミリアでにぎやかにしようと思ったのに」

「そう言うなって。そのかわりファミリアは主人と心を通じ合わせ、主人と共に成長していくそうだぞ」

「へ～、じゃあ、さっそく一つ買ってみるかな」

メルルは数あるチョコレートエッグの一つを引っ張り出した。

「こいつが私を呼んでいる気がする。さて、なにが出てくるか……」

みんなも気になるようで、メルルの手元を覗き込んでいる。メルルがアルミ箔をはがすと卵型のチョコレートが出てきた。

「これはどうすれば……」

「チョコレートエッグをきれいに割るにはコツがあるんだ。カルミン、君の魔法でチョコレートを冷やしてくれないか?」

カルミンは魔法の申し子だ。近接戦闘は苦手だけど、四大属性の魔法はすべて使えるうえ、闇魔法の造詣も深い。俺が頼むとすぐにチョコレートエッグを冷やしてくれた。

「よしよし、これくらい冷えていればじゅうぶんだ。メルル、卵には縦の線が入っているだろう?」

「ああ、これね」

「そうそう。卵の上下を持って、縦の線に沿って交互にスライドさせるんだ」

メルルが言われた通りにすると『パカッ』と気持ちの良い音がしてチョコレートエッグは二つに

割れた。中には赤いプラスチックのカプセルが入っている。

「ちっさ！　本当にこの中にファミリアがいるの？　モグモグ」

もうチョコレートを食べているのか……。

「そのはずだぜ。開けてみなよ、すぐにわかるから」

「うん……」

メルルはゴクリと唾を飲み込み慎重にカプセルを開いた。

「ワン」

出てきたのは小さな子犬である。

「うわあ……、か、かわいすぎ……」

なんと、豆柴より小さな柴犬がメルルの手のひらにちょこんと座ったではないか。小さなクレーンゲームで取れるぬいぐるみくらいのサイズである。

つぶらな瞳でメルルを見上げ、口元はにっこりと笑っているようだ。まるで『えへへ、よろしくお願いします』とあいさつしているように見える。

「こんな犬、見たことないよ」

「俺の故郷にいた固有種に似ているな」

「ニホンだっけ？」

「ああ。柴犬って言うんだ」

「シバ犬かあ、だったらこの子の名前はシバにしようかな」

言葉がわかるのか、メルルの言うことを聞いてシバはプリプリと巻いた尻尾を振った。

「そっか、シバも自分の名前が気に入ったんだね？」

「ワン！」

シバが入っていたカプセルには小さな説明書も入っていた。

犬
動物系《アニマル》ファミリア。
きわめて忠誠度の高いファミリア。成長すれば狩りでも役に立つ。

「こんなチビなのに、狩りができるのかな？」

「たぶん、一緒に行動しているうちに大きくなるんじゃないか？」

「なるほど、今後はシバを連れてダンジョンに潜るとしよう。シバ、私があんたを立派なファミリアに育ててあげるからね」

「ワンワン」

メルルはシバに夢中になり、手のひらの上のシバを指先で優しくなでている。これを見て、他のメンバーや子どもたちもすぐに動いた。

「ヤハギさん、チョコレートエッグをひとつください！」

「俺も！」

「あーしにも！」

新たなヒット商品の予感がした。

その場にいた全員がチョコレートエッグを買った。まずはミラがカプセルを開く。

「これは、指輪……？」

指輪に石の頭と細い手足が生えているぞ。ちょこまかと動く姿はコミカルだ。石の頭はエメラルドみたいな透明な緑色である。

リング
ゴーレム系ファミリア。
指輪として装着することもできる。主人に魔力を供給してくれるゴーレム。成長すると、単体で攻撃魔法も使える。

「私のような魔法使いにとってはありがたいファミリアですね」

ミラはこのファミリアにエルという名前を付けていた。エメラルドにちなんだそうだ。

次の開封はリガールだった。出てきたのは金色の四角いライターである。

ライト
ゴーレム系ファミリア。

点火するライターとして使える。人型に変形する。防御が得意なタンク役。


リガールが指でつつくと、ファミリアはライターから人型のゴーレムへと一瞬で変形した。

「うわっ！　なにこれ……カッコいい……」

変形ゴーレムのメタルが輝いている。

「こいつは防御力が高いから、成長したらリガールのいい相棒になりそうだね」

「僕、こいつを大事に育ててみせますよ！」

リガールはファミリアにライタンという名前を付けていた。黄金のライタンか……。

「よーし、出てこい俺の相棒！」

大騒ぎをしながらチョコレートエッグを開けているのはカーツだ。中からは身長は五センチほどしかないけれど、全身が分厚い筋肉で覆われたファミリアが出てきたぞ。ムキムキの体は緑色をしている。

グリーンマン
特殊系ファミリア。
類稀なる身体能力を持っている。
近接戦闘が得意。

「いいじゃないか！　成長したら二人でコンボ技とかを決められるんだな！」

「そんなに簡単に成長しないぞ」

「わかってるって！」

カーツはファミリアにホーガンという名前を付けていた。伝説の武闘家にあやかったそうだ。

「ゴートはどんなファミリアを手に入れたんだい？」

すでにチョコレートエッグを開封していたゴートに訊ねた。

「これ」

言葉少なに差し出すゴートの手のひらの上で、一羽の鷹が旋回していた。

大鷹
動物系ファミリア。
鋭い爪と嘴で攻撃する。
成長すると主人を背中に乗せて飛ぶことも！

こちらはメルルと同じ動物系か。動物系のファミリアは主人との結びつきが特に強いようだ。きっとゴートのいい相棒になるだろう。まだまだ小さいけど……。

ゴートはファミリアをホークと名付けた。

「ヤハギさん、私のも見て」

キッカの手の上にいたのは――。

「妖精?」

「ううん、シルフィーは精霊よ」

シルフィー
精霊系ファミリア。
風の精霊。
主人の風魔法効果を高めてくれる。

「よかったね、風魔法を使うキッカにぴったりのファミリアじゃないか」

「そうなの。これから一緒に頑張ろうね、ルーフ」

シルフィーは嬉しそうにキッカの頭の上を飛んだ。

「見て、見て、ユウスケっち、あーしのファミリア、かわいいよ」

カルミンが手の上のファミリアを見せつけてくる。これは、女の子の姿をしたぬいぐるみ?

マルガレーテ

特殊系ファミリア。

危険を予知して忠告を与えるぬいぐるみ。

わずかだが未来を見通せる力がある。


「マーガレット、ユウスケっちにあいさつして」

カルミンの手の上のぬいぐるみが起き上がり、俺に小さな手を差し伸べてきた。握手のために俺も人差し指を伸ばす。

「っ！」

あー、びっくりした。俺とマーガレットの指が触れた瞬間、電気のように魔力が行き交ったぞ。まだちょっとだけ指が痺れている。

マーガレットの能力は未来予知だ。それは俺の千里眼と通じるものがある。おそらくそのために、理屈を超えて俺たちは通じ合うことができたのだろう。

マーガレットは何も言わなかったけど、『あなたの力でご主人様を助けてあげてください』と頼まれた気がした。マーガレットは切望するように頭をさげる。

「大丈夫、駄菓子屋は子どもたちの味方だよ」

ぬいぐるみであるマーガレットに表情筋はない。でも、なぜか俺にはマーガレットが笑ったような気がした。

マルコはティッティーの分だと言って、二つのチョコレートエッグを買った。ここでは開かずにティッティーと二人で開封するそうだ。

俺もマルコを見習ってミシェルの分を買っていくとしよう。残りのチョコレートエッグは温泉に来ていた人々にあっという間に売れてしまった。


仕事から帰ってきたミシェルとチョコレートエッグを開封した。

「何が出てくるかなあ。かわいいのがいいなあ」

みんなのファミリアを説明してやると、ミシェルはワクワク顔でチョコを割りにかかった。氷冷魔法もミシェルにかかればお手の物だ。

パキッ！

小気味よい音がして卵が綺麗に割れた。そして、ミシェルのファミリアが姿を現す。

冥竜
精霊系ファミリア。
冥府の守護者にして、最強種の中の最強種。
レベルがカンストすると極小ブラックホールを作り出すことができる。

「ぜんぜんかわいくない……」

かわいくないというより、怖い！　まあ、ミシェルのファミリアって感じはするけど……。

「こいつが最強種のドラゴンねえ……」

いずれは巨大になるだろうが、今はヤモリより小さい。眼ばかりが大きく、チロチロと出す舌がかわいかった。

「よく見ると愛嬌のある顔をしているなあ」

「そうかしら？」

「つぶらな瞳とか、ピンクの舌とか、かわいいじゃないか」

「言われてみれば、ちょっとかわいいかも……」

冥竜はプルートと命名された。

「次の休みにはダンジョン最下層へ連れて行くわ。どんどん成長させてあげるからね、プルート」

とてつもないレベリングだな！　すぐに大きくなりそうで恐ろしくなるぞ。ブラックホールが出現するのも遠くない未来の気がする。

「ユウスケのファミリアも見てみましょうよ」

ミシェルは俺のチョコレートエッグも冷やしてくれた。

指に力を入れてパキッと卵を割る。ファミリアは動物系、ゴーレム系、精霊系、特殊系の四種類があるけど、なにがでてくるかな？

「なんだこれ？」


？？？

？？？系ファミリア。

宇宙からの使者。

？？？


説明になっていないな。外見はまるい餅みたいであり、スライムよりも硬そうだ。和菓子の鶴の子餅に似ている。いわゆる寿甘《すあま》なんて呼ばれる和菓子の仲間だ。ということで名前はスアマにした。

「これがファミリアねえ……」

戸惑っているとスアマは俺の肩の上に飛び乗った。そこが落ち着くようで動かない。こうしてみるとなんだかかわいく思えてくる。

「今日からお前の名前はスアマだぞ」

スアマは返事をする代わりにプルプルと小さく震えた。


学院でカーツたちがファミリアを見せびらかしたようで、チョコレートエッグを買い求めにくる生徒が店に殺到した。

「けけけっ、俺たちがばっちり宣伝しといたぜ！」

そう言ってカーツは胸を張ったけど、これは大変なことになったぞ。

「ありがたいけど、収拾がつかないくらいお客さんが増えているな」

「学院でもファミリアの話題で持ち切りさ。みんな欲しがっているんだぜ」

「なるほどなあ。でも、学院にファミリアを持ち込んで怒られないか？」

俺も子どもの頃に携帯ゲーム機や漫画を没収されたことがあったなあ。

「おう、さっそくリッテンパイク先生がガミガミ言ってきたぜ。あいつ、やたらと厳しいんだよ」

リッテンパイクというのは古代秘宝学の教師だが、生徒にやたらと厳しいそうだ。細かいことを嫌味たらしく指摘して、みんなに嫌われているらしい。

「どこの学校にもそういう先生はいるんだな。それで、大丈夫だったのか。ファミリアを没収された子どもとかいなかったか？」

「平気、平気！　俺のホーガンも、ゴートのホークも、みんな窓から逃げ出したからな」

ファミリアと主人の絆は深いから、そのままどこかにいなくなるなんてことはないのだ。

販売を開始してまだ数日だけど、予想以上の人気で驚いている。今日は冒険者学院の生徒だけでなく、普段は足の遠い王立学院の子どもの数も多い。やっぱり魅力的な商品は強いなあ。

ただ、チョコレートエッグは一日につき三十個しか仕入れられない。一人一個のみの販売にしても手に入れられるのは一日につき三十人だけだ。

欲しがる人があまりに多いので、放課後から一時間くらいかけて抽選券を配り、くじ引きで当選者を決めるという販売方法を取っている。

手間はかかるけど公平を期すためには仕方がない。今ではチョコレートエッグの販売のためだけにアルバイトを雇っている始末だ。

敷地だけは広いので抽選会場は駄菓子屋の横の空き地だ。そうじゃないと店に人が入りきらないのだ。

晴れている日はいいけど、雨の日は悲惨である。みんな冒険用のマントを羽織って参加している。それでもチョコレートエッグを目当てにやってくるお客は途切れない。

「三十一番！　三十一番の人！」

「やりぃ！」

今日も抽選の度に歓声があがり、ため息がこぼれている。当たった人はすぐにその場で商品を開くのが常である。さもないといじめっ子や力の強い生徒にカツアゲされてしまうかもしれないからだ。

チョコレートエッグを開封しさえすれば、ファミリアとの絆は結ばれる。いちど主従関係ができれば、ファミリアを横取りすることは決してできないのだ。

さすがに俺の目の前でチョコレートエッグを横取りしようとする者はいない。一度いたけど、注意したらすぐに引き下がっていた。

たぶん、前に子爵家の息子が痛い目に遭っているのを知っているのだろう。あの子の名前はなんだったかな？　もう思い出せないけど……。

学院の生徒たちは両校合わせても千人くらいだから、三十日もあればいきわたるはずだ。ただ、最近は冒険者たちもここまでやって来ることが多くなった。彼らもチョコレートエッグの魅力に取りつかれている。おそらく原因はあれだな……。

ズシン！　ズシン！

「ただいま、ユウスケ」

冥竜プルートに乗ったミシェルが帰ってきた。

プルートはすっかり成長して、今では軍用馬くらいの大きさになっている。黒い鱗も硬くなり、頭の角や、長い牙も立派になっているのだ。地下三階くらいまでに出没するモンスターが相手なら余裕で倒してしまうとのことである。

冒険者たちはそんなプルートを憧れの目で見ている。自分もファミリアを得て、強力な相棒になってもらいたいのだろう。

だがあれは特別だ。ミシェルがダンジョン最深部で非常識なレベリングをしているから、あんなに早く成長しているだけなのだ。普通の人には不可能なことである。それでも冒険者たちは夢を見ることをやめない。

「おかえり、って、うわっ！　プルート、顔を舐めるなよ！　ぶはっ！」

体は大きくなったけどプルートの中身はまだまだ子どもで、未だに俺に甘えかかるのが、厄介でもありかわいくもある。

「クエェ～ッ」

「俺はまだ仕事中なの。後で遊んでやるから待っててな」

そう言い聞かせてもプルートは俺の袖をクイクイと引っ張る。これはおやつが欲しいときの合図だ。

「またこれか？　本当にプルートはポテイトフライのフライドチキン味が好きだなあ」

商品名：ポテイトフライ　フライドチキン味
説明　：カラッと揚げたジャガイモのお菓子。四枚入り。
食べるとスタミナが持続する。
値段　：40リム

「ユウスケ、夕飯前にあんまり食べさせないでね」

「まあいいじゃないか」

ミシェルにたしなめられたけど、俺はプルートにポテイトフライを差し出した。

「キューーッ！」

バリボリと大きな音を立ててお菓子を食べると、プルートは感謝のしるしとばかりに首筋を擦りつけてくる。闇のドラゴンとは思えないかわいさだ。こういうところはミシェルに通じるものがある。

プルートだけじゃなく、他のファミリアたちも順調に育っているぞ。

カーツのホーガン《グリーンマン》やゴートのホーク《大鷹》は一回り大きくなったし、キッカのルーフ《シルフィー》は顔が少しだけ大人びてきた。

カルミンのマーガレット《マルガレーテ》もちょっとだけ大きくなって、最近ではよく喋るようになった。『おはよう』や『おやすみ』などのあいさつだけでなく、『空がきれいよ』みたいな短文も交ざるようになっている。

未来予知はまだしてないみたいだけど、それも時間の問題かもしれない。

「にしても、スアマは変わらないな」

俺は自分のファミリアであるスアマを指でつついてみた。スアマは鳴き声もあげずにプルプルと震えるだけだ。

「まあ、べつにいいけどな」

そういうとスアマも指に体をこすりつけてきた。こういうところはかわいい。どうやらこちらの言葉は理解しているみたいで、いつも肩に乗って俺のやることを見ている。

「本日最後の当選番号です。七番！　七番の人！」

最後の一人がチョコレートエッグを受け取り、外れた生徒たちはとぼとぼとその場を離れていった。当選者は王立学院の生徒で、その場でチョコレートエッグを開いている。

「うわー、大鷹が出た！　カッコいいなあ。よろしくな」

出てきたのはゴートのホークと同じ大鷹だ。

ファミリアにもレア度があり、重なることも多い。ミシェルのプルートなどはかなりのレア。俺のスアマにいたってはシークレット扱いのようだ。カーツのホーガンやカルミンのマーガレットなどもレアの部類に入る。

そういえば、マルコとティッティーはどんなファミリアを手に入れたのだろう？　明日、アマニ草を届けに行くついでに見せてもらうとするか。

外はもう日が暮れかけている。

「さあ、そろそろ店じまいだ。明日もチョコレートエッグは三十個入荷するから、楽しみに待っててくれな」

子どもたちが駆け足で去っていくのを見送りながら、スアマと店の戸締りをした。

冒険者メルルの日記　4

ねえ、みんな。幸せってなんだか知ってる？　それはね……、シバがいる生活だよ！

はい、親バカです。どうとでも言ってください。何を言われたってかまわない。それくらいシバはかわいいのだ！

呼べばすぐに来てくれるし、ニコッと私を見上げてくるし、くるんとした尻尾をプリプリ振ってくれるし、成長して私の言うことはほとんど理解するようになったし、どうしようもないくらいかわいいのだ。

夜も一緒に寝るんだよ。はぁ……、これ以上の幸せはないって！

最初はチョコどらくらいの大きさしかなかったけど、ダンジョンに連れて行くうちに丸パンくらいのサイズに育ったんだ。ミラのエルも、リガールのライタンも、マルコのヌイヌイもみんな大きくなったぞ。

リングのエルはヘッドの石が緑か青で選択できるようになった。その日の気分に合わせて色が変えられるんだって。

補助してくれる魔力の量も多くなったらしい。といっても、まだ10リムガムより効果は弱いみたいだけどね。

それでもミラはエルを可愛がっていて、いつも指につけている。さらに成長したらルビーみたいな赤、ダイヤモンドみたいな透明のヘッドにもなれるのかな？

リガールのライタンはおもしろい。とくにライターから人へと変形するのは何度見ても飽きないのだ。

手のひらサイズだから戦闘の役には立たないけど、ライターというのは秀逸なアイテムだと思う。ロウソクに火をつけたり、焚き火をするときにも便利だ。小さいわりにパワーはあるので、いろんなものをとってくれたりもする。

マルコのヌイヌイは火の玉みたいな精霊で、即戦力になるファミリアだった。ランタンのように明るくなるので、ダンジョンでは非常に役に立つのだ。今ではチーム・ハルカゼの欠かせないメンバーになっているよ。

ティッティーが病気になって以来ずっと暗い顔をしていたマルコだけど、ヌイヌイの存在に心を慰められているようだ。ダンジョンで集中を切らすこともなくなり、私たちも安心している。

みんなファミリアの成長が嬉しくて、最近では生活のためというより、ファミリアのためにダンジョンに潜っているようなところがあるくらいだ。ダンジョン探索をすればするだけ、ファミリアも成長するからね。

そして、今日はとんでもないことが起きた。なんと、愛しのシバがモンスターの匂いを嗅ぎつけたのだ！

モンスターの存在を感知したシバは暗闇を見つめながら低く唸り、私たちに教えてくれた。なんて賢い子なんだろう！

なりは小さいのに、猟犬の風格が備わってきたと言っても過言じゃない！　いやはや、将来が恐ろしいくらいだったよ。

このまま育てばさらに大きくなって、私の枕とかにもなってくれるのかな？　明日もこの子たちのレベリングを頑張るとしよう。

DAGASHIYA YAHAGI

第五話　悪徳教師

久しぶりにエッセル宰相のところへご機嫌うかがいに行った。税金のこととかでちょっと相談事があったのだ。

とりあえず問題は解決した。ルガンダは開拓村なので当面の間は優遇措置が取られるそうだ。他には類を見ないくらい急速に発展しているんだけど、そこは大目に見てくれるとの言質をいただいた。

仕事の話が終わると、俺たちは軽い雑談を交わした。コーヒーのよい香りが応接室に充満し、俺は安らいだ気持ちになることができた。

「ルガンダのダンジョンで金貨などは見つかるかね？」

思い出したようにエッセル宰相に訊かれた。

「いいえ、そういう報告は受けていませんね」

「それは残念だ」

「金貨がどうしました？」

「最近になって金の相場が上ってきているのだよ。もし、ヤハギ伯爵が金資産をお持ちなら、売るのはもう少し後の方がいいと忠告しておこうと思ったのさ。目立たない程度なら、今のうちにある程度の金を買っておくことをお勧めするよ」

なるほど、金持ちはこうやっていい情報を得て、財産を増やしていくんだなあ。でも、うちにあるのは金貨チョコレートくらいのものだ。

もし、ルガンダの冒険者がダンジョンから手に入れたら、内緒で教えてやるとしよう。

「ありがとうございます。エッセル宰相。いい情報をくださったお礼に新発売のチョコレートエッグを差し上げましょう」

「おお、これが噂の！」

「悪くない賄賂でしょう？」

「そちも悪よな」

実質３００リムの賄賂だけど、エッセル宰相のノリはいい。さっそくチョコレートの殻を割ると、中から出てきたのは手のひらサイズの騎士だった。

ガーディアンナイト

ゴーレム系ファミリア。

騎士の形をしたゴーレム。主人の盾となり、剣となって尽くしてくれる。

成長すると、騎乗型に変化し、防御魔法を張れるようになる。

「ほほう、これはおもしろい。私の護衛部隊に加えようか」

エッセル宰相は掌の上で礼をするガーディアンナイトに目を細めている。

「陛下が見たら同じものを欲しがるかもしれないな。もう二、三個融通してはくれんか？」

「手元にあるのはあと一つだけです。残念ながらチョコレートエッグの販売はしばらくお預けなんですよ」

物がチョコレートなので、熱にはめっぽう弱いのである。だから暑い季節の仕入れは止まってしまうのだ。次の販売は秋からの予定である。

俺は最後の一つをエッセル宰相に手渡した。

「そういえばここのところ暑くなってきたな。私ももう少ししたら陛下に付いて夏の離宮に行く予定だよ」

夏の王都は暑いので北の山岳地帯にある離宮へ居を移すそうだ。たしかグラースって名前の街だったかな。標高が千三百メートルもあって、真夏でも涼しいそうだ。

「どうだ、ヤハギ伯爵も一緒に行かないかね？　君がいれば楽しいのだが」

「あいにく自分は忙しくて」

大多数の貴族は陛下と一緒に離宮へ行くか、自分の領地に帰るらしい。俺は領地と王都を行ったり来たりだ。

ナカラムさんに任せきりになっている領地経営にも手を入れなくてはならないし、ティッティーのためにアマニ草だって集めなくてはならない。

「急用のときはこれで呼び出してください」

エッセル宰相に追加の組み立てグライダーを渡して、宰相の執務室を辞した。


会談も終わり、宰相府の長い通路を歩いていると、反対側からやってきた女性に声をかけられた。女性は治癒士の身なりをしている。その人は俺の顔を認めると、突然話しかけてきた。

「失礼ですが、ヤハギ伯爵でいらっしゃいますか？」

年のころは三十代半ばくらいだろうか？　溌剌とした印象を与えてくる美人だ。だが、俺の知り合いにこんな人はいないぞ。

「そうですが、どちら様でしょうか？」

「私はファルマ・シャーロットと申しまして、カルミンの母です」

「ああ、カルミンの！」

こんなところで会うとは意外だな。ひょっとして、エッセル宰相に養育費をもらいにきたとか？　まあ、そんなことは訊けないけど、ついつい邪推してしまうよね。

「娘がいつもお世話になっております」

ファルマさんは嬉しそうに俺を見つめた。

「カルミンが言っていたとおり誠実そうな方ですね」

「いえ、そんな……」

「うふふ、カルミンの父親とは大違いね」

以前カルミンが教えてくれたが、彼女の両親は彼女が生まれる前に別れたそうだ。父親の女好きが原因で、ファルマさんは浮気した夫をぶん殴って家を飛び出たとのことだった。

以来、一人で出産を済ませ、女手一つでカルミンを育ててきたとカルミンは言っていた。なるほど、目の前のファルマさんはバイタリティーあふれる様子だ。

「ヤハギ伯爵と知り合ってから、カルミンは本当に笑顔が増えたんです。帰ってきても伯爵のお話ばかりですわ。あ、最近は友だちもできたみたいですけど」

「きっと、カーツたちのことですね」

「そうなんです！　人付き合いが上手じゃないので心配していたのですが、伯爵のおかげで心を開く術を学んだようですわ。本当にありがとうございました」

「私などたいして役には立っていませんよ」

「いいえ、伯爵のおかげですよ。私がもう少しあの子と一緒にいてやれればよいのですが、たくさんの患者を抱えているので、なかなか時間をとってやれないのです」

カルミンのお母さんは優秀で、あちこちから引っ張りだこの治癒士のようだ。丁寧にお礼を言われて、俺も恐縮するばかりだった。


フジールの花も散り、空には大きな雲が浮かんでいる。季節はいよいよ初夏の風情で、かき氷がよく売れていた。

「お待ちどおさま。イチゴ練乳とレモンとメロンね」

カーツ、ゴート、キッカは揃ってテーブルに座って、ダンジョンの地図を睨んでいた。

こちらの地図はかつて俺が作製した地下一、二階の地図である。三人は冒険者学院の中間テストに向けて対策の最中なのだ。

日本でいえば今は七月の始めくらいにあたる。この世界では夏の始まりに中間テスト、冬に学期末テストがあるのだ。

切羽詰まった主人たちをよそに、ファミリアたちは思い思いにくつろいでいる。ルーフはキッカと一緒になって地図を覗き込み、ホークはゴートのレモンかき氷の匂いを嗅ぎ、ホーガンは腕立て伏せをしている。

どのファミリアも生まれたときよりほんの少しだけ大きくなった。主人たちと一緒に成長しているのだろう。

「冒険者学院の中間テストってなにをするの？」

手の上にマーガレットを座らせたカルミンはのんびりとした口調で訊いた。カーツはうんざりした顔をしている。

「モンスターを討伐しつつ、地下一、二階で指定されたアイテムを集めるんだよ。あと、中継地点にいる先生たちのところを回ってサインももらわなければならない」

戦闘付きのオリエンテーリングみたいなものか。

「ふーん、なんだか楽しそうだね」

「テストなんて楽しかねーよ！　いーよなあ、中間テストのない奴は気楽で」

「あーしだってテストはあったよ。もう終わったけど」

カルミンは成績優秀だったようだ。わざわざ報告に来てくれたので思いっきり褒めておいた。

「カルミンばっかり終わってずるいぞ。くそぉ、もう勉強なんてやりたくない！」

「ダメよぉ、ダメ、ダメェ」

お、マーガレットが喋ったぞ。また語彙が増えたな。

「んなことはわかってんだよ。いちいちツッコムなって」

「………………」

マーガレットは無表情に虚空を見つめている。こちらからの呼びかけに反応することはないようだ。

「はあ……」

大きなため息をつくカーツの横で、ホーガンはスクワットを始めた。

俺はカルミンに訊いてみる。

「夏休みはどうするんだ？」

「パパのところ。グラースって街に行くんだって」

そういえばエッセル宰相もグラースへ行くと言っていたな。やはりカルミンは……。

「中間の成績はよかったんだろ？　パパも鼻が高いだろうな」

「どうだろ……」

カルミンはプゥっとフルーツガムを膨らませた。


うだるような暑さの中でカーツたちは中間試験の日を迎えた。その日の俺はうっかりと寝坊をしていた。

王立学院は一足先に夏休みに入り、ミシェルも自分の時間がたくさん取れるようになった。久しぶりに気兼ねなく甘えてくるミシェルと、昨晩はおそくまでゴニョゴニョしていたからだ。

だけど、その寝坊が幸いしたのかもしれない。普段なら、この時間はルガンダに出かけていて、俺が王都へいることはない。だが、そんな俺を訪ねてくるものがあった。

寝起きのぼんやりとした頭で宙を舞う金色の埃を眺めていると、表のドアがガンガンと叩かれた。

「ユウスケっち、お願い！　返事をして！」

あの声はカルミン？　なんだか切羽詰まっているようだ。困ったことでも起きたのか？

俺は飛び起きて、表の引き戸を開けた。カルミンは息を切らしてこちらを見上げた。ここまで走ってきたようだ。

「どうしたんだ？　顔が真っ青だぞ」

カルミンはマーガレットが座った手のひらを差し出した。

「さっきからマーガレットが不吉な言葉を繰り返すの！」

マーガレットは稀に未来を予言するファミリアだ。これまで予言は一度もないと言っていたけど、ついに能力が発動したのか？

「危ない、危ない、カーツたちが危ない」

抑揚のないマーガレットの声を耳にして、俺の背中にも冷たい汗が流れた。カーツたちが危ないだって？　三人は中間試験のためにダンジョンへ潜っているはずだ。まさか、不測の事態が起こるとでもいうのだろうか？

「とにかく入ってくれ」

青い顔のカルミンを店に引き入れた。

「マーガレットが間違った未来を見ているという可能性はないか？」

「あーしだってわかんないよ。マーガレットが能力を発動させるのは初めてだもん」

「そうだな。とにかくダンジョンへ行ってみるよ。ミシェルと一緒なら大抵の危険は回避できるはずだ」

「ミシェル先生がいればどんなモンスターが出てきても平気だと思うけど、カーツたちがどこにいるのかはわからないじゃない」

「それなら俺に心当たりがある」

千里眼を使えばすぐにわかるはずだ。

「ミシェル、起きてくれ！　緊急事態だ！」

奥に向かって呼びかけると、小さなあくびの声が聞こえた。そして奥の引き戸が開く。現れたミシェルは裸にシーツを巻き付けただけのあられもない姿だった。

「どうしたの、ユウスケ？　朝から大きな声を……、きゃっ！　どうしてカルミンが？」

「先生、すごっ！」

普段は分厚いローブやマントを羽織っているから気づかない人も多いんだよね。はい、脱いだらすごいんです。って、そんなことを言っている場合じゃないな。

「早く服を。カーツたちがまずいことになっているかもしれない。今から一緒にダンジョンへ行ってくれ」

多くは説明しなかったけど、ミシェルはすぐに事態を把握してくれた。

ミシェルが着替えている間に、俺は座敷で千里眼を使った。検索ワードを『カーツ』にして調べると、彼らがいる場所はすぐに判明した。

カーツたちの現在地は地下二階の中心部の辺りだ。周囲を探ってみたけど特に怪しいところはない。危険なモンスターもいなければ、盗賊の類も見当たらなかった。

「ユウスケ、準備ができたわよ」

フル装備のミシェルが部屋に入ってきた。

「今のところカーツたちは無事だよ。みんなはダンジョン地下二階にいる」

「なんでそんなことがわかるの？」

カルミンが目を見開いている。

「駄菓子屋さんの占いみたいなものさ。けっこう当たるんだよ」

「駄菓子屋の力、私より強い」

マーガレットがまた喋った。

「そうだな。俺たちは似た力を持っているよな」

「…………」

相変わらずマーガレットとの会話は成立しないようだ。

「なんだかわからないけど、ユウスケっちを信じるよ。だからすぐ出発しよう」

カルミンも一緒に行くつもりでいるんだな。だけど連れて行くわけにはいかない。

「ダメ。カルミンは留守番をしていてくれ」

「でも、カーツたちはあーしの仲間なんだよ！」

「俺たちが戻ってこないという可能性もゼロじゃない。カーツたちに続いて俺やミシェルが戻ってこないときは、然るべき人に連絡を入れてくれ」

「……わかった」

カルミンは不承不承うなずいた。

「ミシェル、俺をプルートに乗せてくれ。プルートの上で千里眼を使って、カーツたちをトレースするから」

「危険じゃない？」

術を使っている最中は意識が肉体を離れるから、バランスが取れなくなるのだ。危険がないように、普段はしっかりとした床の上や椅子に座って千里眼を使うようにしているくらいである。だけど今はそんなことを気にしている場合じゃない。

「悪いけど、ミシェルが支えていてくれないか？」

後ろからしっかり押さえていてもらえれば何とかなるだろう。

「任せておいて！　世界がひっくり返ってもユウスケを放さないから！」

妙に張り切るミシェルとプルートの背中に乗った。

「プルート、ダンジョンへ急いでくれ」

「クエェ〜ッ！」

声をかけるとプルートはきちんと理解して、すぐに走り出した。

プルートは猛スピードで通りを駆けていく。巨体に似合わず敏捷で、障害物があってもヒョイヒョイと避けている。

「うわっ、ぶつかる！」

一台の荷馬車が前をノロノロと進んでいた。道幅は狭く、避ける余地はどこにもない。それなのにプルートは速度を落とさず、距離はどんどんと縮まっていく。俺は衝突を覚悟したけど、そうはならなかった。

プルートが大地を蹴って跳躍したからだ。ドラゴンというのはとんでもない身体能力を有している。しかも、関節を柔らかく使っているので着地時の衝撃も小さかった。

「ユウスケは早く千里眼を！」

ミシェルは胸を押し付けるようにして、後ろから俺を抱きかかえた。これなら落ちることもないだろう。俺は集中して千里眼を使った。


意識はたちまちカーツたちのところへ飛んだ。彼らは順調に課題をクリアしているようだ。カーツがゴートに話しかけている声が聞こえてきたぞ。

「よーし、必要なアイテムはぜんぶ集めたよな？」

「巨大マイマイの殻の欠片に、フライングピラニアの羽と……ボングル茸……。ああ、全部そろっているぞ」

カーツは貪欲に点数を上げようとしている。

「次はA―3地点《ポイント》まで行って、先生にサインをもらおう」

「は？　あんな奥地まで行くの？」

キッカが首を傾げる。だが、カーツは主張を変えなかった。

「だからこそだよ。あそこは奥地だから他の生徒はスルーするだろう。だけど、行けば高得点が得られるはずだ。俺たちはここまで順調に来ている。タイム的にも問題ないさ」

キッカとゴートはカーツの提案を了承した。

「ところで、あそこにいる先生って誰だっけ？」

「リッテンパイク先生よ」

「うげ……。俺、あの先生は苦手なんだよなあ。どんなに頑張っていても、必ず一言嫌味を付け加えるんだよ、あいつ」

　キッカも大きく首を振って同意した。

「私もあの先生は大嫌い」

「そういえば、キッカはリッテンパイク先生の授業をとっていたよな」

「古代秘宝の基礎研究ね。はっきり言って最低だよ。授業の内容はいいんだけど、リッテンパイク先生は依怙贔屓するんだもん」

「え、あいつが気に入るような生徒なんているの？　全生徒を敵に回していると思ってたんだけど」

「ルーストとか」

「ルースト？　ああ、あのおとなしそうな感じの」

「そう！　リッテンパイク先生は線が細くて、大人しくて、あどけない感じの男の子が好きみたい。ベタベタ触って、猫かわいがりしてるんだ。ルーストもかわいそうよね。本人は迷惑しているんだけど、気が弱いから、やめてくださいって言えないんだよ」

「あのババア、そりゃあもう通報案件じゃねーか！」

「ひどいんだよ。特に女の子には態度が悪いの。私なんかどんなにいい成績をとっても、キッカさん、もう少し上品な字は書けないのかしら？　とか言って減点してくるんだから！」

「今日も何かしら嫌味を言われるんだろうな……」

「まあ仕方がないさ。リッテンパイク先生のサインをもらえればプラス20点だ。さっさとサインをもらって、次に行こう」

げんなりしているカーツとキッカをクールなゴートが慰めている。リッテンパイクというのは相当ひどい先生のようだった。

ダンジョンを進むカーツたちと幽体となった俺は一緒に進んだ。新手のモンスターが現れることもなく、今のところダンジョンは平穏だ。

やがて、一行は角を曲がってガーゴイル像のところまでやってきた。像のすぐわきには大きな杖を手にした中年女性が立っている。

きっとこちらがリッテンパイク先生なのだろう。いっちゃあなんだが、すぐわきのガーゴイル像と比べても遜色がないほど鋭い目つきをした中年女性である。痩せぎすで神経質そうな風貌もガーゴイルによく似ていた。

「今のところここに来たのはあなたたちだけよ」

その言葉を聞いて喜ぶカーツたちにリッテンパイク先生は水を差した。

「何かしらの不正をしてないでしょうね？　ちょっと早すぎる気がするんですけど」

「そんなことしてません！　俺たちは真面目に――」

「だったらいいの。大きな声を出さないでちょうだい。ここはダンジョンなのよ。行動は慎重にしてください」

あ、こいつダメだわ。秒で人間を嫌いになることってあるんだな。俺もすぐにリッテンパイクが嫌いになってしまった。

　カーツたちの危機って、ひょっとしてこいつが原因か？　だけど、まがりなりにも彼女だって教師だ。生徒に危害を加えるとは考えられない。嫌味を言いながらも、きちんと書類にはサインはしている。

　だったら、このガーゴイル像かな？　実はこれ、触れると眩暈の呪いが発動するトラップだ。その昔、メルルがこれに触ってしまったことがある。

　まだ俺がこの世界に来たばかりの頃で、あのときは粉末ジュースのぶどう味で解呪してやったんだよなあ。今となっては懐かしい思い出だ。

　このように触れれば危険な像だけど、このトラップはかなり有名だ。カーツたちだって知っていると思うのだが……。

　そのときキッカのファミリアであるルーフがひらひらとガーゴイル像の方へと飛び上がった。燐光を振りまきながらルーフはガーゴイル像を眺めている。

「ルーフ、気を付けて。それに触ると眩暈の呪いが発動するのよ」

　よかった、物知りのキッカはきちんとトラップのことも把握しているじゃないか。

　だが、ルーフを呼び戻そうとしてガーゴイル像のところへ行ったキッカが何かを発見したようなそぶりを見せた。じっと像を覗き込んだままキッカは動かない。

「どうした、キッカ？　まさか、お前、像に触れたのか？」

「違うよ、カーツ。そうじゃなくて……、うん、やっぱりそうだ！　ルーフの光で見つけることができたんだけど、やっぱりここに数字が振ってある」

「数字ですって!?」

誰よりも早くリッテンパイクが弾かれたように飛び上がり、カーツとゴートを押しのけて前に出てきた。

リッテンパイクの声は小さく震え、問い詰めるような口調になっている。

「キッカさん、数字が書いてあるって、どういうことなの?」

「ここです。普段は暗くて気が付かなかったけど、ルーフの光で見えたんです」

リッテンパイクは腰をかがめてキッカが指さす場所を覗き込んだ。

それはちょうどガーゴイル像の額のあたりに刻まれていた。年月による風化でかすれてはいたが、確かにそれらしき痕がある。ただ、本当に数字かと問われれば微妙なところだ。刻まれた線は顔の皺とも見て取れる。

「縦の線が一本引かれているだけじゃない。どうしてこれが数字なのよ?」

「これだけだったら私もわからなかったと思います。でもほら、ここ、……ここにも」

キッカは『2』や『3』と書かれた場所も指さした。それは指先だったり、翼の先端だったりにさりげなく刻印されており、薄暗いダンジョンの中だと、知らなければ見落としてしまいそうなくらい小さい。

よく見れば手のひらには『24』なんて数字もあるから、合計だとかなりの数の数字が刻印されているようだ。

「これが数字だっていうの？　私たちが使っている文字とは全然違うのに……」

「これは私たちの国の数字じゃないです。ヤハギさんの故郷の数字です」

キッカは自信満々に説明する。

「ヤハギさんというと、あの駄菓子屋の？」

「そうです」

「どうしてあなたが彼の故郷の数字を知っているの？」

「私、ナンバーチョコレートというお菓子が好きで……」

商品名：ナンバーチョコレート
説明　：カラフルな碁石チョコがアラビア数字状の包装シートに五粒入っている。
食べると攻撃魔法の命中精度が三パーセント補正される。
値段　：10リム

ナンバーチョコレートの包装シートは0から9までのアラビア数字をかたどっている。キッカはしょっちゅうこれを買うから、異世界人ながらアラビア数字を覚えてしまったのだ。

「おい、キッカ。そんなことより早く行こうぜ。試験はまだ途中なんだからさ」

カーツはキッカを促した。中間試験では課題のクリアタイムも成績の要素になってくる。こんなところでグズグズしている暇はないのだ。

「そうね、これはまた今度調査しに来ようよ。それでは先生、失礼します」

「待ちなさい！」

先を急ごうとするキッカたちをリッテンパイクは鋭い声で呼び止めた。

「なんですか？　私たち試験の最中なんですけど……」

リッテンパイクの瞳は赤く輝き、邪悪な色合いさえ浮かんでいる。

「これは歴史的な発見かもしれないわ！　おそらくだけど、その番号どおりに触れさえすればトラップが解除され、何らかの宝が現れるはずよ。だから、私に異国の数字とやらを教えてくれないかしら？」

「それは……」

リッテンパイクは明らかに秘宝を横取りする気でいる。すかさずゴートが間に入った。

「これはキッカの発見です。調査は後日、俺たちで行います」

「なっ……」

リッテンパイクは言葉に詰まったけど、急に猫なで声になってキッカたちを懐柔にかかった。

「ねえ、そんなこと言わないで。私は古代秘宝の研究者よ。どうしてもこれに興味があるの。もちろん見つかった宝はあなたたちのものよ」

「本当ですか？」

「勘違いしないでね。私は研究者として、歴史的瞬間に立ち会いたいだけなの。さらに、トラップの解除に成功すれば、あなたたちには学年一位から三位の成績が約束されるわ。卒業時の推薦状もつけるわよ」

「でも……」

三人は不審そうにリッテンパイクを見ている。当たり前だ。俺だって信じられない。

拒否の態度を示されて、リッテンパイクはまた元の不遜な態度に戻った。

「ふん、嫌ならいいわ。だけど、あなたたち、今回の中間テストは落第よ」

あまりのことに三人は憤慨して抗議した。

「どうしてそうなるんだよ！」

「横暴だぞ！」

「ひどいわ！」

だがリッテンパイクは眉一つ動かさない。

「教師に対する失礼な態度により減点なの。これは私に与えられた正式な裁量なんですからね」

こう言われてしまうとカーツたちになす術はない。パワハラもいいところだけど、それがまかり通ってしまうのが異世界の学校なのだ。

リッテンパイクは意地悪そうな笑みを浮かべた。

「好きにしなさい。落第するか、ここでトラップを解除して学年一位の栄光を掴むか」

くそ、リッテンパイクはキッカたちから宝を奪うに違いない。ひょっとしたら口封じのために三人を殺してしまうことだって考えられる。

マーガレットが予知したカーツたちの危機とはこれだったんだ。一刻も早くたどり着かなくてはカーツたちが危ない！

千里眼を解いて意識が戻ると、プルートは全速力でダンジョン広場を駆けているところだった。

俺は後ろのミシェルに告げる。

「ミシェル、地下二階のガーゴイル像だ。カーツたちはそこにいる！　急いでくれ」

「了解！」

「頼むぞ、プルート。お前が頼りだ。みんなを助けてくれ」

「クエーッ！」

勢いよく突っ込んでくる冥竜に冒険者たちは慌てて道を譲った。プルートは速度を落とすことなくダンジョンの階段に踊りこんだ。

頼む、間に合ってくれ。俺は祈るような気持ちで再び千里眼を使った。


魔法が展開すると意識は再びカーツたちのところへ飛んだ。キッカはガーゴイル像の前で膝をついている。トラップの解除をちょうど始めるところのようだ。

リッテンパイクは偉そうに指示を与えていた。

「順番通りに刻印を触れていけば問題ないはずよ。さっさと始めなさい」

そうは言ってもこれには眩暈の呪いの罠がかけられているのだ。ゴートはポケットの中を探って駄菓子を一つ取り出した。

「よかった、やっぱりあったよ。ほら、解呪のためのぶどうジュースだぞ。これで万が一のときでも安心だな」

　ゴートに励まされてキッカも覚悟を決めたようだ。震える人差し指をそっとガーゴイル像の額の『1』へと持っていく。

「眩暈がしない……。触れても呪いが発動しないよ！」

　それを聞いたリッテンパイクは鼻高々である。

「やっぱり私の思ったとおりね。続けなさい、キッカ」

　自分では何もしていないくせに偉そうだな。

　続けてキッカは『2』の刻印を探した。こちらは左手の指先に、指紋のような形態で彫られている。キッカはまだ確信が持てないようで、恐る恐るといった感じで『2』に触れた。

「やっぱりなんともない！」

　これで自信がついたのだろう。キッカは迷いなく『3』、『4』の刻印に触れていく。やっぱり異常は見られない。

　続いて『5』の部分に触れると、ガーゴイル像がほんのりと光り出した。

「間違いないわ。これは秘宝を守っている封印なのよ！」

　リッテンパイクは興奮に手を揉み合わせながらキッカに続きを促す。

「次は……。ルーフ、こっちに来て像を照らしてちょうだい」

　ルーフの燐光を頼りにキッカは『6』の刻印を見つけ出した。続いて『7』『8』『9』と進んでいったが、ここでキッカの手が止まる。

ナンバーチョコレートは0から9までしかない。キッカは『10』という数字は知らないのだ。

「何をしてるの？　早く次の数字を押しなさい！」

何も知らないリッテンパイクがキッカを急かす。だが、キッカは慌てずに考えをまとめた。

「これはたぶん『11』ね。ということは『12』がこっち。なら十は『10』かしら？」

賢いキッカは推量を働かせて正しい刻印を探し当てることに成功した。

『10』の刻印に触れた途端、ガーゴイル像は輝きを増した。

「やったわ！」

「すごいぞ、キッカ！」

「やったな」

三人は嬉しそうに肩を抱き合っている。リッテンパイクでさえキッカを褒めそやした。

「キッカさん、今年の最優秀学生はあなたで決まりね」

キッカは数字の法則を完全に理解したようだ。『19』の次はきちんと『20』を選んでいる。

だけど俺は気が気でない。キッカ、もっとゆっくり解除してくれ。俺たちがそこへいくまでゆっくりと！

だが、そんな俺の思いが届くはずもなく、キッカはトラップの解除を続けている。数字は『29』番まで進み、残すところはあとわずかだ。

ナンバーが進むたびにガーゴイル像は輝きを増し、今ではクリスマスのオブジェのように煌々と光っていた。

「ふぅ、いよいよ最後ね」

キッカは震える人差し指をガーゴイルの腹に近づけた。ちょうどへそのところに『32』があるのだ。

ゴクリと全員が唾を飲み込む音が聞こえるようだった。幽体ながら俺も緊張に身を硬くする。いったいどうなるのだろう……。

「えっ？」

キッカが『32』の刻印に触れた瞬間、ガーゴイル像は強烈な明滅を始めた。連射撮影のフラッシュさながらだ。

「な、なんだ!?」

「トラップが発動したの!?」

「落ち着きなさい。これはトラップが解除された証よ。像に施されていた呪いが解放されているのよ。すぐに治まるわ」

リッテンパイクの言うとおり光はやがて消えた。ダンジョン内は薄暗さを取り戻している。

やがて、石がこすれる音を立てながらガーゴイル像が両腕を上げた。その姿は万歳をしている悪魔だ。ガーゴイルの両腕が天を突くとパカッと腹が開いた。

「え、神像？」

中から出てきたのは黄金で出来た小さな神像だった。高さは十センチもないが、純金ならかなりの価値がありそうだ。

キッカやリッテンパイクは驚いていたけど、俺はもっと驚いていた。だってその黄金像は、どう見たってビリケンなんだもん！　尖った頭、コミカルな吊り目、投げだした大きな足。間違いない、あれはビリケンだ。

どうして異世界にビリケンがあるんだよ？　あれは大阪の通天閣にある幸運の神様じゃなかったっけ？　もともとはアメリカのイラストレーターがデザインしたという話は聞いたことがあるけど……。

像を手に取ったキッカは嬉しそうに笑っている。

「うわあ、重い！」

「本物かよ？　お、俺にも持たせてくれ」

カーツとゴートもかわるがわるビリケン像を手に取って喜んでいた。苦労して手に入れただけあって喜びもひとしおなのだろう。無邪気に喜ぶ三人を見て、俺もつい笑みを漏らしてしまった。

だが、そんな彼らにリッテンパイクは冷や水を浴びせた。

「その像をこちらへ」

邪悪な笑みを浮かべながらリッテンパイクは手を差し出す。

「見つけた宝は俺たちのものじゃなかったのかよ!?」

三人は一斉に不信の目を向ける。

「気が変わったのよ。いいからおとなしく寄こしなさい。さもないと……」

リッテンパイクは油断なく杖を構えた。

「こんなことをして、先生だってタダではすまないわ！」

「そうだ、そうだ！　俺たちから神像を横取りしたと報告するぞ！」

キッカやカーツの抗議にもリッテンパイクは不敵な笑みを浮かべたままだ。

「好きにすればいいわ。私は古代秘宝学の研究者。かたやあなたたちはただの学生じゃない。それも今年冒険者学院に入ったばかりの一年生よ。みんなはどちらの言うことを信じるかしら？」

「クソッ、汚いぞ！」

「この神像は渡さないわ！」

「そのとおりだ」

三人は武器を構えたが、リッテンパイクは余裕の態度を崩さない。やはり、学院の一年生と教師では実力に大きな開きがあるのだ。

「欲をかきすぎると死ぬわよ。まあいいわ、身をもってそのことを思い知りなさい！」

先生のくせに生徒の功績を取り上げるなど見下げ果てた奴である。そんな横暴は天が許しても駄菓子屋が許すもんか！


俺は千里眼を解いてミシェルに訊ねる。

「現在地は？」

「地下二階への階段を下りて少し入ったところよ。すぐに着くわ」

「急いでくれ、本当にカーツたちがピンチだ！」

プルートは狭い通路を飛ぶように走り、無風のはずのダンジョンに旋風《つむじかぜ》を舞き起こした。

ガーゴイル像があるところまではもうすぐだった。プルートは横壁を蹴って曲がり角を急旋回する。と、通路の奥の薄暗がりにぼんやりと、四人の姿が見えた。

「リッテンパイク！　そこまでだぁあああっ！」

突如現れた俺たちに、リッテンパイクの体は凍り付く。それまでの余裕の表情は消え去り、引きつった笑いだけが顔面に残された。

「ヤハギさん！」

カーツたちは安堵の溜息を洩らしながら俺の方へ駆け寄った。

「もう大丈夫だぞ。俺が来たから、というよりミシェルがいるからだけどな」

俺はリッテンパイクの方へ向き直る。

「リッテンパイク、お前の悪行もここまでだ」

グッと言葉に詰まったリッテンパイクだったが、なんとかその場を取り繕おうとする。

「な、なんのことかしら？　私はここで中間テストの試験官をしていただけで……」

「お前がキッカたちから黄金像を取り上げようとしていたのはわかっているんだ。俺たちが証人だぞ」

「言いがかりはやめてちょうだい！　だいたい、誰があなたの言うことなんて信じるのよ!?　たかが駄菓子屋のくせに！」

リッテンパイクの言葉にカーツがずいっと前に出てきた。

「やいやい、リッテンパイク。ヤハギさんをただの駄菓子屋だと思うなよ。この人はかの有名な菓子爵様だぜっ！」

「なっ！　軍事クーデターを後ろから操り、北の大地の魔軍を壊滅させ、宰相直属の秘密部隊シャドーナイツの長とも噂される、あの!?」

また少し話がでかくなっているな……。なんだよ、秘密部隊って？　忍びメシっていうグミなら扱っているけど。

商品名：忍びメシ
説明　：一粒食べるだけで元気に八時間の行動が可能でござる。必殺の一撃が出やすくなるでござる。ぶどう、梅、コーラの三種類。
値段　：100リム

長期探索に出るベテラン冒険者に人気の商品だ。何といってもかさばらず、荷物にならないのがいいらしい。

「このことは関係筋を通して学院に報告するからな」

「関係筋って……」

青ざめた顔でリッテンパイクが訊いてくる。俺にとって貴族の知り合いなんてあの人しかいない。

「エッセル宰相だ」

名前を告げると、リッテンパイクは愕然とした顔で項垂れた。そして、なにやらブツブツとつぶやきだす。

「何を言っているんだ？」

「ユウスケ、気を付けて！　それは魔法詠唱よ」

ミシェルが俺たちの前に飛び出てきた。

「これは移動呪文!?」

移動呪文とは短い距離を瞬間移動するかなり高位の魔法である。

「逃げる気ね。そうはさせないわ！」

魔法をキャンセルさせようと、ミシェルは簡単な攻撃呪文を放とうとした。カーツたちも武器を手に身構える。ところが、結果的にミシェルの魔法もリッテンパイクの魔法も発動しなかった。

「え？」

「どうなっているのよ!?」

ミシェルは呆けたように、リッテンパイクは苛立たし気に驚いている。

「ユウスケ、駄菓子で何かした？」

「いや、俺は何も」

だいたい、ウチにはミシェルを止められるほどの駄菓子はない。

「ヤハギさん、スアマが……」

ゴートが俺の肩に乗っているスアマを指さして驚いている。

「スアマがどうしたんだよ……？　え？」

いつも真っ白なスアマがピンクに色づいていた。これじゃあ本当に紅い鶴の子餅みたいじゃないか。

「ど、どうした、スアマ？　大丈夫なのか？」

スアマはいつもと変わらぬ様子でプルプルと震えている。別段、異常はなさそうだ。ただ体の色が変わっただけに見える。

「とにかく、リッテンパイクを取り押さえましょう！」

ミシェルがそう提案して、カーツは探索で使うロープを取り出した。

「放しなさい！」

リッテンパイクは金切り声をあげたけど、魔法を使えない彼女は大した力もなく、カーツたちにぐるぐる巻きにされてしまった。

「こいつは俺たちが連れていくよ。カーツたちは試験を頑張れ」

「そうだった！　まだ試験の途中ってことをすっかり忘れていたぜ」

「ヤハギさん、これを預かっていてもらえない？」

キッカが差し出してきたのは例のビリケン像と丸まった羊皮紙だ。ビリケン像はともかく、羊皮紙はなんなんだ？

「これ、黄金像と一緒に入っていたんです」

「俺に預けていいのかい？」

「ヤハギさんなら安心できるから。だって、駄菓子屋はいつだって子どもの味方なんでしょう？」

「キッカがそう思ってくれるのなら、信頼に応えるさ」

こうしてリッテンパイクは捕らえられ、事情聴取を受けることになった。


事後処理をして店に戻るともう夕方だった。沈む夕日に照らされて、ぽつんと店の前にたたずむカルミンの姿がある。ずっとこの場所で俺たちの帰りを待っていたんだな。

「ユウスケっち！」

慌てて走り寄ってくるカルミンを落ち着かせた。

「カーツたちは無事だよ。これもマーガレットのおかげだな」

カルミンは大きく息を吐き出してから、マーガレットを抱きしめた。

「ありがとう、マーガレット」

「少し寄っていくかい？　今、お茶を淹れるよ」

俺はカルミンを誘って店に入った。

お茶を淹れて落ち着くと、事の顛末をカルミンに話して聞かせた。

「それにしてもマーガレットの予言はたいしたもんだな。あれがなかったら大変なことになっていたかもしれなかったよ」

「初めての予言だったからびっくりしたけど、マーガレットがいてくれて本当によかった。あ、でも、あれからマーガレットが喋らなくなっちゃったの」

ミシェルが手を当ててマーガレットを調べる。

「おそらく魔力を消費しすぎたのね。明日になればまたおしゃべりはできると思うわ。だけど、予知はとうぶん無理じゃないかしら」

「そうなんですか?」

「未来を垣間見るには莫大なエネルギーが必要なのよ」

俺も最近になってようやく未来が見えるようになったけど、やっぱり体への負担は生半可じゃない。主人の親友が危険ということで、マーガレットも頑張ったのだろう。

「今日はプルートも大活躍だったし、みんなのファミリアが役に立ってくれて俺も嬉しいよ」

カップを置いたミシェルが口を開く。

「ファミリアといえば、スアマのことなんだけど……」

「こいつがどうした?」

俺は肩の上のスアマを指でつついた。ぷにぷにした感触が気持ちいい。スアマも嬉しいらしく、体を俺の指にこすりつけてくる。

ダンジョンの中では紅くなっていたけど、いつの間にかスアマの体は白く戻っていた。

「あのとき、私の魔法もリッテンパイクの魔法も発動しなかったじゃない? あれ、スアマの力じゃないのかしら?」

「まさか……？」

このぷにぷにがミシェルの魔法を止めったっていうのか？　そんな大それたことをこいつができるとは思えないのだが……。

「試してみればいいじゃん」

カルミンは小さな杖を取り出した。それを見てミシェルが血相を変える。

「何をする気!?　ユウスケを傷つけたら生徒だって許さないんだからね！」

「軽めの雷魔法を撃つだけですよ。ちょっとビリっとするだけで……」

「それでもダメ！　ユウスケがMに目覚めてクセになったらどうするのよ！　あ、私が毎晩やってあげればいいだけか……。でも、ダメ！　ユウスケの新しい扉を開くのは私なんだから!!」

でた、妄想のオーバードライブ！

「いや、そんなアホみたいなクセはつかないからな。まあ、どっちでもいいから試してくれ。スアマに魔法を無効にする力があるのなら、そもそも痺れないわけだしさ」

「それじゃあ、やっぱり私が」

ミシェルが手に魔力を込める。

「お、おい！　あんまり強烈なのはよせよ」

「うふふ、二時間くらい動けなくなるだけの魔法だから安心して」

「トイレに行きたくなったらどうするんだよ？」

「うふふ、ぜんぶ私が面倒を見ていてあげるわ♡」

「勘弁してくれ！」

助けを求めてカルミンの顔を見たけど、『ご愁傷様』という目つきで見返すばかりだ。こうなったらスアマの力を信じるしかない。

「それじゃあいくわよ」

老人でもないのに介護されるなんてまっぴらだ。

「スアマ、ミシェルを止めてくれ！」

プルプルプルプル
「え？」

不意にミシェルの手に込められた魔力が霧散した。スアマを見ると体が紅く色づいているではないか。

「やっぱり、スアマが？」

俺は掌にスアマを乗せてしげしげと眺める。先ほどと同じように異常は見られない。ただ色が変化しただけのようである。

「カルミン、あなたも魔法を使ってみて」

「はい、ミシェル先生。あれ？」

カルミンも魔法を発動できないようだ。

「やっぱりそうだわ。どういう理屈かはまだわからないけど、スアマの周囲では魔法が使えなくなるのよ」

これがスアマの特殊能力か。ただのマスコット的な存在かと思っていたけど、こいつにはそんな隠された力があったんだなあ。俺たちはこの力を『0魔力領域』と呼ぶことにした。


学院が休みに入るとカーツたちが朝から店にやってきた。今日は日課であるアマニ草集めもお休みだ。これからエッセル宰相に紹介された商人がビリケン像の買い取りに来るのである。

「おはよう、みんな。試験の結果はどうだった？」

「バッチリだったぜ！　見てくれよ、これ」

カーツたちが差し出してきたのは冒険者学院の実力評価査定証のプレートだ。以前までは『ランクD：地下一階まで』だったが、今度のは『ランクD＋：地下二階まで』と書かれている。

「まあ、俺たちはとっくに地下二階を主戦場にしているから関係ないんだけどな」

そう言いながらも、カーツたちは嬉しそうだ。メルルたちに言わせるとカーツたちなら地下三階でもやっていけるレベルらしい。

「さて、預かっていた黄金像を返そうか」

俺は天秤屋台に入れて次元の狭間にしまっておいたビリケン像と羊皮紙を取り出した。

「さあ、確かめてくれ」

代表して像を発見したキッカに手渡す。

「うん、やっぱり重いわ」

「も、もう一度俺にも持たせてくれ」

「俺も」

カーツとゴートも手を出し、三人はそれぞれ黄金の重さを嬉しそうに確かめていた。

「ところで、そっちの羊皮紙も開けてみないか？」

羊皮紙は丸められて、タコ糸のような紐で縛られている。

「そうね、なにか重要なことが書いてあるかもしれないもんね」

キッカは腰のナイフを抜くとタコ糸を切り、羊皮紙を広げた。

「えーと……」

「なんて書いてあるんだ？　もしかして更なる財宝のありかが記されているとか？」

カーツが後ろから覗き込む。

「わかんない。これ、知らない文字で書かれているわ」

「どれどれ……。うわ、なんだこの文字？　ぜんぜん読めないぞ。ゴート、わかるか？　お前、古文書学概説を受講していただろう？」

「うーん、これは古代文字じゃないな。俺も見たことのない文字だよ」

三人はしきりと首をひねっている。

「ミシェルがいれば読めたかもしれないけど、今日は出かけているからなあ」

「ヤハギさん、読めない？」

キッカが俺に羊皮紙を手渡してきた。

「俺に読めるわけがないだろう。俺は魔法文字とやらさえ知らないんだから。ええっ!?」

「どうしたの？」

渡された紙に記されていた文字は俺にとって馴染み深いものだった。

「いや、これ、読めるわ。てか、これ日本語だ」

「ニホンゴってハチオウジの文字？」

八王子市に独自の言語はないぞ。そんなに個性の強い街じゃない。ただ、書かれているのは現代日本の文字である。少々角ばっているけど、読みやすいよう、ていねいに書かれた手紙だった。

名も知らぬ人へ

私の名前は長谷川健一。昭和三十七年生まれの日本人だ。これを受け取るのが日本人とは限らないから、いちおう、英語でも書いておく。だが、英語は苦手だ。簡単な自己紹介だけにとどめておこう。

My name is Kenichi Hasegawa.
I am from Japan.
This is a present for you.

マイ　ネーム　イズってところがいかにも昭和だ。最近だとアイ　アム　ケンイチ　が一般的だと思う。それはともかく先を読んでみよう。

私は昭和六十二年の十二月十日にこちらの世界へやってきた。与えられたジョブは『洗濯屋』だった。多少の苦労はあったが、魔法でも落とせない染みを抜くことができる、と評判のクリーニング店を経営するまでになった。

そんな私も当年七十二歳になる。振り返れば充実した人生だったが、心残りは日本に残してきた両親に会えなかったことだ。いまだに私は故郷が懐かしい。

そこで、せめて同郷の者に私の財産の一部を残そうと思う。日本とは言わない。地球からこの地へやってきた人にこのビリケン像を贈る。どうか、有効に役立ててくれ。

マルム四七二年　春　　長谷川　健一

「マルム四七二年？」

「年号は二十年前に変わったの。マルムの四七二年なら、今から百年五十年くらい前かな」

時間軸は地球とここではちょっと違うようだ。どこの時代に転移するかは神様の匙加減なのかもしれない。

きっと故郷を思い出して像の形をビリケンに似せたんだろうな。書いてはいないが大阪出身の人なのかもしれない。

手紙の内容を聞いたキッカが心配そうな顔をしている。

「ビリケン像って、この黄金像のことでしょう？　これ、私たちがもらってもいいのかな？　これはヤハギさんが受け取るべき財産なんじゃないの？」

長谷川さんはそのつもりだったみたいだけど、ガーゴイル像の謎を解いたのはキッカだ。

「いいんだよ、俺は金に困っていないし、贅沢にもあまり興味がないからね。もし、この後に俺の同郷人がここに来るとして、その人たちのための遺産と言うなら、俺が新しい黄金像を作るさ」

いっそ、金のガンガルフでも作ってみようか？　昔の超合金みたいでカッコいいな。超合金じゃなくて純金だけどさ。

長谷川さんがどうやってガーゴイル像に黄金像を仕込んだのかはわからないけど、俺はミシェルに頼めばやってもらえるだろう。

「でも、やっぱり悪い気がして……」

遠慮深いキッカは引け目を感じているようだ。

「こう見えても俺は伯爵だぜ。いざとなればいくらでも稼げるんだから。ほれ、遠慮しないでこれでも食べておけ」

商品名：金蜜糖

説明　：水晶の結晶のような形をした金色の飴。食べるとほんの僅かだが金運が上がる。
値段　：10リム

これも古いお菓子だよな。聞いた話では大正時代から作られているそうだ。なんでも台湾、アジア諸国、アメリカにまで輸出されているとか。

原料は、砂糖、水あめ、天然水だけで、シンプルながら飽きのこない深みのある味が特徴だ。俺もたまに食べたくなる伝統的なお菓子である。

ポットから一粒ずつ取り出して、キッカたちに配った。

「商人が黄金像を買い取る前に食べておくといいぞ。買い取り価格が少し上がるかもしれないからな。でも、あんまり期待するなよ」

「そうなの？」

「欲をかいたメルルが口いっぱいに詰め込んで戦闘をしたけど、ドロップされたお金はいつもと同じだったんだって。息苦しいだけだった、って怒っていたよ。まあ、たいした効果はないってことさ」

「あはは、メルルさんらしいね」

「ほんとにな。ただ、美味しいからという理由でメルルは買い続けてくれるんだ」

三人はさっそく包みを開いて飴を口に放り込んでいた。

　エッセル宰相が言ったとおり、金価格は上昇していた。ビリケン像は何と３００万リム強で売れた。三人で分けても一人頭１００万リムちょっとの取り分だ。

　三人はこの金を将来に向けて投資するそうだ。といっても、債券や株を買うわけじゃない。三人は新しい装備を買うことにしたそうだ。

「いい装備には金がかかるんだぜ」

　一般的な冒険者が使っている安物でも、上から下まできちんとそろえれば10万リムはくだらないと言われている。上級装備ともなると、剣と鎧だけで１５０万リムくらいはしてしまうそうだ。そして、そういった差が討伐の成果に大きく影響を及ぼすのである。

「これで父上に迷惑をかけなくて済むわね」

　キッカのお父さんは王宮で兵士をしているそうだ。一般庶民より暮らし向きは楽だけど、余裕はあまりないらしい。三人はいい親孝行ができたと喜んでいた。

冒険者メルルの日記　5

カーツたちがお宝を見つけたそうだ！　なんでも異世界の神様の黄金像で、３００万リム以上の値段で売れたらしい。最近、金の価格が上がっていたからなあ……。

悔しい！　まさかあんな学生たちに先を越されてしまうとは思ってもみなかったよ。これでは先輩としての面目が立たないではないか！

ユウスケさんによると、黄金像はビリケンさんといって、足の裏を撫でてお願いをするとご利益があるそうだ。願い事は商売繁盛、合格祈願、恋愛成就、なんでもござれのゴージャスな神様らしい。

そんなにすごい神様なら、せめて売れる前に知りたかったよ。私も足の裏を撫でて財宝が手に入りますようにとお願いしたのに。

マニさんの足の裏でもご利益があるかな？　撫でようと思ったけど、マニさんは撫でさせてくれなかった。自分は機械神だし、くすぐったいからダメなんだって。

「こうなったらシバに金の匂いを教えて見つけ出してもらおうか？」

というと、その場にいた人々が私を尊敬の目で見た。

「お前、あったまいいなぁ！」

　と、日ごろ何かとつっかかってくるガルムでさえ感心していた。私の株が一気に上がる。ところが、マニさんがそんな私の希望を打ち砕いた。

「純金は無臭じゃ。シバを困らせるでない」

「クウーン……」

　何ですって!?　そんな……ばかな……。でも、マニさんが嘘をつくはずないか。シバも申し訳なさそうな顔で私を見上げている。尻尾も股の下に入ってしまっていたよ……。

「なーんだ、感心して損したぜ。所詮はメルルの浅知恵だな」

　ガルムが毒付き、私の株も急降下だ。

「まあ、金属探知機を使えば見つけられないこともないがのぉ……」

　マニさんの言葉に、その場にいた全員が色めき立った。

「本当なの、マニさん!?」

「まあ、可能じゃのお。表示される数値で、どんな金属が地中や壁の奥に隠されているかもわかるじゃろう」

　私はミラの両手を摑んだ。

「お願い、ミラ！　マニさんに頼んで!!」

　お気に入りのミラが頼めば、マニさんも金属探知機とやらを作ってくれるかもしれない。そうなれば、一攫千金も夢じゃない。巻き起これ、ルガンダのゴールドラッシュ！

ミラはにっこりと笑顔になってマニさんに質問する。

「マニさん、本当に金属探知機を作れるんですか?」

「ん~、作り方を忘れてしもうた」

「やっぱり」

冒険者たちが絶望に沈む中で、マニさんとミラだけが笑っていた。

DAGASHIYA YAHAGI

第六話　復讐同盟

酒場にて、一人の女が荒れていた。

「どうして私がこんな目に遭わなきゃならないのよ！　ふざけんなっ！」

女の名前はテデス・リッテンパイク。つい先日まで冒険者学院の教師だったが、生徒に対する不正が見つかり、懲戒解雇になっている。

首になったその日からリッテンパイクは昼夜を問わず酒浸りの日々であった。

「らいたいねえ、最近の学生はどうなっているのかしら？　目上の者に対する態度がなっていないったらありゃしない！　学院も学院よ。古代秘宝学にこれだけ貢献してきた私を首にするなんて、世界の損失だわ！」

ごくごくと酒を飲みながらリッテンパイクの愚痴は止まらない。

「そもそも悪いのはあのヤハギという男よ！　菓子爵だかなんだか知らないけど、根暗のブスとつるんで私の計画を邪魔しやがって！　絶対に復讐してやるんだから！」

呪詛の言葉を吐き出すと、リッテンパイクはジョッキの底に残ったビールを飲み干した。

「ちょっとぉ、さっさとビールのお代わりを持って来てよ！　まったく、いつまで待たせる気かしら……。なに？　なにを見てんのよ！　女の酔っ払いがそんなにめずらしいわけ!?」

誰彼かまわず絡むので他の客も店員もうんざりしている。これ以上飲ませるとろくなことにならないと判断した店主がやんわりと申し出た。

「お客さん、もうそれくらいにしておいた方が……」

「うるさいわね、このハゲ！　私を誰だと思っているの？　世界にその名を知られたリッテンパイク教授よ。さっさとビールを持ってきなさい！」

ちなみに教授の資格などリッテンパイクは持っていない。自分を偉く見せるためにこうした嘘を平気でつけるのもこの女の特徴だ。

だが、驚くことは一つもない。酒場にはこの手の酔っ払いなどいくらでもいるのだ。使い走りをする社長、ボロ靴をはいた大佐、資産家を名乗る貧乏人。歓楽街とは起きたまま夢を見る人間で溢れている。

リッテンパイクにハゲ扱いされた店主は肩をすくめてどうしようか迷っていた。

「こちらのレディーに酒をお持ちしろ。さっさとしないか！」

カウンターの上に銀貨を放り投げながらそう言う男がいた。若いながら性格の悪さが滲み出た顔をしている。酒場に来るには年齢が低すぎる感じだが、不良を気取って精一杯背伸びをしているような少年だった。

「あら、気が利くわね。って、あなたは……」

「パーマネント子爵家の長子、マールと申します。向こうで飲んでいたのですが、気になることが聞こえてきましてね」

「な、なにかしら？」

相手が貴族とあってリッテンパイクは緊張した。ひょっとしたら同じく貴族籍にあるヤハギの仲間かもしれないと考えたのだ。

「あの男に復讐するとか言ってましたよね？　例の駄菓子屋に……」

「そ、それは……」

マールは愛想笑いを浮かべる。

「ご安心を。私もあの男には恨みがある一人です」

「そうなの……ですか……？」

リッテンパイクは用心深く酔眼を上向けた。

「あいつは宰相のエッセル様と懇意にしているからといって威張り散らしているんですよ。私もそのとばっちりを喰らいまして」

「まあ、私と同じなのね」

先に難癖をつけたのはマールもリッテンパイクも同様だったが、二人の記憶は都合のいいように改ざんされているのだ。

運ばれてきたビールを口に含むとマールは不味そうに顔を歪めた。少し古い樽のビールらしく、酸味が強かったのだ。

これまでの彼なら店主を呼びつけて文句を言ったに違いない。それどころか、殴りつけたり、代金を踏み倒すことだって平気でやっただろう。

だが、今ではそんな自由はどこにもない。次に横暴な振る舞いが発覚すれば爵位を剝奪するとまで言われているのだ。それもこれもヤハギのせいである。

「まだ具体案はありませんが、なんとかあの男に一泡吹かせてやるつもりです」

マールがそう言うと、リッテンパイクも深くうなずいた。

「素晴らしいですわ。ぜひ、私にも協力させてください」

それまで大きかったリッテンパイクの声は次第に静まり、今では囁くようなやり取りが漏れ聞こえてくるだけだ。二人は周囲に目を配りながら密談を交わすのだった。

ユウスケside

うだるような夏が終わり、新学期が始まった。駄菓子屋ヤハギは相変わらず盛況で、かき氷やラムネがよく売れている。

「いくぞ、ホーガン！　この攻撃を受けてみろ！」

カーツは自分のファミリアであるホーガンとモバイルフォースのグフフを戦わせていた。ホーガンは夏の間に成長し、モバイルフォースと同じくらいの大きさになっている。戦うにはちょうどいいサイズなのだ。

「しかも、こうやって訓練してやるとファミリアの成長が速くなるんだぜ」

子どもはいろいろと考えつくものだ。カーツはそうやって、自分とホーガンの両方を鍛えている。

「うおっ!?」

プロレスリング型の闘技場でホーガンがグフフをロープに振った。体勢を崩したグフフはよろけながらロープの反動で前に出る。そこに炸裂するホーガンのラリアット。片腕を横方向へと突き出して、相手の喉や胸板に叩きつける大技である。

「グワッ!」

グフフはもんどり打って吹き飛び、カーツとのリンクは切れてしまった。ファミリアに負けてさぞや悔しいだろうと思ったが、カーツは満面の笑みでホーガンを抱え上げた。

「すごいぞ、ホーガン!　新必殺技を開発したんだな」

「イッチバーン!」

よくわからないが、ホーガンは嬉しいときにこう言うようになった。主人との練習試合に勝利し、鼻息を荒くして喜んでいる。カーツも負けたことなど気にせず、ホーガンの成長を我がことのように嬉しがっていた。

まだまだ小柄なホーガンだけど、これで人間くらいのサイズになったらとんでもない戦闘力になるだろうな。きっと重量級のファイターみたいになるのだろう。

ホーガンの試合を見ていたら他の子どもに声をかけられた。

「ヤハギさーん、カメセンベイをちょうだい!　明日、タンクの耐久追試があるんだ」

「あいよー」

商品名：カメセンベイ
説明　：粒タイプの揚げ煎餅。甘辛の味が人気のロングセラー。食べると皮膚の一部が亀の甲羅のように硬くなる。硬くできる場所は任意。
値段　：30リム

これはホーガンとも相性のよさそうなお菓子である。腕や拳を固めれば、攻撃にも防御にも使えるだろう。いつか食べさせてやるか。

防御力と言えばリガールのライタンだが、ゴーレム系はものを食べることはできないのが残念だ。その点でいえば、駄菓子で能力の底上げができる動物系は有利である。

特殊系はホーガンのように食べられる個体と、マーガレットのように食べられない個体の両方がいる。

俺のスアマは正体不明だけど、こいつは好き嫌いなく何でも食べてしまうぞ。スライムのように対象物を包み込んで消化するようだ。カメセンベイを食べると少しだけ硬くなる。

「ヤハギさん、焼きそばをお願い」

「ちょっと待っててな」

「こっちはラムネをお願い」

注文は次から次へと入った。空には入道雲が浮かび、夏の名残をとどめている。だけど、暖簾を揺らして吹き込む風に秋の風情が漂いはじめた。

今日も駄菓子屋は平和だ。だけど、最近どこからか視線を感じるんだよなあ……。確証はないけど、誰かに見られている気がするのだ。今だって……、ほら！

ガバッと振り返ってみたけど、そこには誰もいなかった。あれ？

「どうしたの、ユウスケっち？」

定位置でガムをふくらませながら、俺の様子を見ていたカルミンが訊ねてくる。俺の不審な行動に呆れ顔だ。恥ずかしいったらありゃしない。

「なんか、後ろから見られていたような気がしたんだよ。気のせいだったみたいだけどさ」

「ミシェルさんじゃない？」

「なんでミシェルが？」

「先生はユウスケっちを見ているだけで幸せだから。あと、浮気のチェックとか？」

あり得る話だとは思うけど、違うと思う。ミシェルの視線ならなんとなくわかるのだ。

カルミンの膝の上のマーガレットが俺を見上げた。カーツたちの危機を察知して以来、未来を予知はしていないそうだ。体内の魔力を使い果たしてしまったのが原因みたいだ。

「なあ、なんかわからないか、マーガレット？」

「………」

ぬいぐるみであるマーガレットの表情は変わらないけど、なにか言いたげに見えるのは気のせいだろうか？

「きっとユウスケっちのファンがコッソリ見ていたんだよ。それとも、なにか心配なことでもあるの？」

「いや、そこまでじゃないさ。うん、カルミンの言うとおりだな。きっと俺のファンだろう。それか、涼しくなってきたからチョコレートエッグの再販を狙っているお客さんかもな」

「それはあるかも。町の冒険者たちもチョコレートエッグの再販を楽しみにしてるんだって」

そんなところだろうと、そのときの俺はのんびりと構えていた。

ミシェルとティッティーのお見舞いに行った。アマニ草を運び続けておよそ三カ月。ティッティーの顔色はとてもよくなっている。

「どうだ、ミシェル？」

ティッティーを診察していたミシェルは大きくうなずいた。

「ええ、ようやく完治よ。呪禁融合の副作用は完全になくなったわ」

マルコは感謝の涙を浮かべた。

「ミシェルさん、ヤハギさん、本当にありがとうございました」

普段はミシェルと仲のよくないティッティーも礼の言葉をのべていた。

「ありがとう、姉さん……」
「べつにこれくらい……」
二人して照れているようだ。ベッドの周りではマルコとティッティーのファミリアもはしゃいでいる。

不知火《しらぬい》
精霊系ファミリア。
赤い火の玉。人魂という説もある。照明や火打石の代わりになる。
成長すると、火炎魔法攻撃も使える。

木人《もくじん》
ゴーレム系ファミリア。
木でできた人の像。
持っているだけで、格闘能力が上がる。
成長した木人で訓練すると格闘能力が格段に上がる。

マルコのファミリアが不知火で、ティッティーのファミリアが木人だ。
「不知火は触っても熱くないんだな」

肩のスアマとじゃれ合うように不知火は飛んでいるが熱は感じられない。

「薪に火をつけることもできるんですが、普段は熱をおさえているみたいです。おいで、ヌイヌイ」

マルコが手を出すとヌイヌイはフワフワとその上に落ち着いた。よくなついているようだ。

一方、木人は床の上でせわしなく動き続けている。どうやら拳法の型を練習しているみたいだ。木の棒にサインペンで描いたような顔をしているのだが、これがパラパラ漫画のようによく動く。どこか愛嬌があって、コミカルだった。

「こちらはずいぶんと元気のいいファミリアだな」

ティッティーは不満げな顔をしている。

「どうして私のファミリアがこの子なのかしらね？　もっと可憐なのがよかったわ。それか、ミラのリングみたいな装飾品になるやつとか」

たしかにティッティーに木人は似合わない。

「ティファ、病人のそばでそんなに動き回らないで！」

ティッティーは木人にティファという名前を付けたのか。ティッティーに叱られて、木人はピタリと動きを止めた。サインペンで描かれた様な眉毛が八の字に垂れ下がってしまったぞ。うん、やっぱり愛嬌があるなあ。

「まあいいじゃないか。それにティッティーはもう病人じゃないだろう？」

「そうだけど……」

マルコが教えてくれる。

「これでもティッティーはティファをすごくかわいがっているんですよ」

「本当に？」

「もう、こっちが嫉妬するくらいに。人前ではツンツンしていますけどね」

「マルコ！　余計なことを言わないで」

ティッティーがファミリアをかわいがっているのならよかった。

「そんなことより、ヤハギ」

ティッティーは照れを隠すように話をぶった切った。

「これを持っていって」

ティッティーは大ぶりな銀の指輪を差し出してきた。蔦の意匠が薄く施されたシンプルな作りだ。

「これは……？」

「アマニ草のお礼よ。なるべく借りは作りたくないから……」

「律儀な妹だな」

「いもっ⁉　ばか！　変なこと言わないで！」

「痛てっ、叩くことないだろう」

けっこう強めに腕を叩かれたぞ。だけど、こんな風に触れ合うのは初めてかもしれない。お互いに慣れてきたということかな。

「それよりも、気を付けてね。指輪に魔力を流すとリングヘッドからガスが噴き出るから」

「ガス！　毒ガスじゃないよな？」

「違うわ。私が作った『服従のガス』よ」

「はっ？」

ヤバめのネーミングなんだけど。

「具体的に説明してくれ」

「そのガスを嗅がせて命令すると、相手はヤハギに逆らえなくなるの」

「ちょっと、ユウスケになんてものを与えるのよ！」

ミシェルは顔色を変えて怒り出したが、ティッティーはどこ吹く風である。

「別にいいじゃない。ヤハギなら悪用なんてしないでしょう？　あくまでも護身のために持っておけばいいのよ。それに服従の効果は十分くらいしかないわ」

それでも危険な代物であることは間違いない。

「噴射範囲と射程は短いから気を付けて。私からの感謝の気持ちなんだから、ありがたく受け取りなさい」

「わかったよ」

右手の人差し指にはめると、指輪は測ったようにぴったりだった。

「ガスは数回分充塡してあるから姉さんで試してみたら？」

「ミシェルで？」

「ええ、なんでも言うことをきいてくれるわよ。普段させられないことを命令してみるといいわ」

ティッティーは妖艶に笑った。だけどミシェルは俺がお願いすると、何でも喜んでしてくれるんだよなあ……。

「ふざけないで！　そんなガス、はね返してやるんだから」

ミシェルは怒るがティッティーは笑い続ける。

「だったら姉さんがヤハギに命令してみれば。どんなリクエストにも応えてくれるわよ」

「どんなことでも……ユウスケが……」

「そう、どんなアブノーマルなお願いでもやってくれるわ。うふふ……」

おいおい。

「それくらいにしておけよ。さもないとティッティーにガスを吹きかけて『黙れ』って命令するからな」

「はーい」

ティッティーは素直にうなずいたが、その目はまだ笑っていた。

ティッティーのお見舞いを済ませた俺たちは領主館へ戻り、ナカラムさんから報告書を受け取った。ルガンダはまた人口が増えたようだ。

「順調だね。冒険者だけじゃなく、農民や職人の入植が増えたみたいでよかったよ」

「はい。ルガンダの名声はさらに高まっております。ところで、ヤハギ様……」

自慢の筋肉をピクピクさせながらナカラムさんが言い淀んでいる。

「どうしたの？」

「その……チョコレートエッグの再販はいつくらいになるのでしょうか？　私も自分のファミリアが欲しいと思いまして……」

「なんだ、ナカラムさんもチョコレートエッグが欲しいの？　他の人にも頼まれているんだけど秋まで待ってね。あれは暑いとすぐ溶けるから、この季節には商品にならないんだ」

「さようでございますか……」

ナカラムさんはしょんぼりと肩を落としてしまった。

「そっかあ、ナカラムさんもファミリアをねえ……。どんなファミリアが欲しいの？　リガールのライタンみたいにカッコいいゴーレム系かな？」

「わ、私はシバちゃんのようなかわいい動物系が……」

メルルのシバかあ。そっち系が好きなんだね。

「できればウサギ系のファミリアが……」

そういえばナカラムさんはウサギが好きだったたな。個人的にマッチョにウサギはよく似合うと思うけど、ウサギのファミリアなんていたかな？

「原則として予約は受けないんだけど、世話になっているナカラムさんだから、入荷したら特別に取り置くよ」

「ありがとうございます！」

そう伝えると、手が痺れるほど強い握手をされてしまった。

チョコレートエッグはルガンダでも人気が出そうだな。領主として自分の領地をないがしろにはできない。学院の方の需給は一段落しているから、今度はルガンダを中心に販売するとしよう。

周辺の支店で売るのもいいけど、仕入れは一日につき三十個だけだから、当面はルガンダだけの販売にするか。ひょっとしたら名物として観光客が増えるかもしれないしね。


王都に戻り、昼ご飯を食べてから道の掃除をした。エッセル宰相には使用人を雇ったらどうだと言われるけど、これは駄菓子屋としての俺の仕事だ。他の人に任せるつもりはない。

そもそも、使用人のいる駄菓子屋なんておかしいだろ？　俺は気ままに、それでいて真摯に商売をしたいのだ。

道の掃除が終わると、闘技場やマニ四駆のコースを磨き上げた。マシントラブルを避けるためにも、コースは念入りに磨いておく。

うんうん、鼠色に輝くコースが子どもたちの戦いを待っているぜ。これでお客さんたちを気持ちよく迎え入れられるな。

満足して見ていると、通りの向こうからプルートに乗ったミシェルが帰ってくるのに気が付いた。街中だというのに随分とスピードを出しているようだ。

おかしいな。今日は王立学院の一年生はダンジョン見学の日だ。ミシェルも引率として付いていったのに、もう帰ってきたのか？

よく見るとミシェルの表情はこわばっている。いつもなら満面の笑みで帰ってくるというのに……。

プルートは俺の前で急停止した。

「おかえり、早かったんだな」

「そうじゃないの。これから学院に行かなきゃならないのよ。ダンジョンで事件が起こってしまって」

ミシェルは沈鬱そうに首を横に振った。

「まずい状態なのか？」

「ええ、生徒の一人がディンガールのトラップに引っかかってしまったのよ」

ディンガールとはダンジョン地下三階にある女の悪魔像のことだ。角の生えた美女で、背中には黒い羽、お尻のつけねからは尻尾が生えている。

困ったことに、この美女は全裸だ。しかも見たものを惑わす妖艶な体つきをしている。大事なところは髪の毛で隠れているけど、角度によっては見えそうな気がしてしまうのが困りどころである。

男のスケベ心をくすぐり、回り込んで見てみようか、と思わせてしまう魅力に溢れているのだ。

像からは広範囲に、軽い魅了魔法が放出されているとのことだった。

だけど、この石像には決して近づいてはならない。万が一触れると髪が実体化して絡みついてしまうのだ。これがディンガールの呪いというわけである。

いったん髪の毛が絡みつくと、それはワイヤーのように変化して離れないそうだ。斧で断ち切ろうとしても無駄、魔法で焼こうが燃え尽きることはない。

だが脱出する方法は簡単だったりする。ディンガールに身代金を払えばいいだけだ。石像の前には賽銭箱のような箱が置かれていて、人質が捕まるとこの箱に金額が浮かび上がる仕組みだ。ディンガールに身代金を払いさえすれば、人質はすぐに解放される。しかし、お金を払わないと死ぬまで囚われ、精気を吸い尽くされてしまうそうだ。

身代金の金額はランダムで、少なければ5万リムくらい。多いときだと1億リムという記録も残っている。

「身代金の額は？」

「666万リムよ」

「大金だな」

「捕まった生徒の親は裕福な商人だから、そちらの方は何とかなると思うわ。私は学院にこのことを伝えて、ダンジョンに戻るつもりよ」

王立学院の生徒は金持ちの子弟ばかりだ。それが幸いしたわけだ。でも、できることなら身代金を払わずに済ませたいだろうなあ……。

俺は店の商品の一つを手に取った。

商品名：ヨーグルゼリー

説明　：ツルッとした食感のチューブ入りゼリー。
**　　　　食べると縄抜けが可能になる。手錠が抜けてしまうことも！**
値段　：20リム

「ダンジョンのトラップに有効だとは思えないけど、いちおう持っていってよ。囚われた生徒に食べさせれば、ディンガールの髪から抜け出せるかもしれない」

　ミシェルはヨーグルゼリーを受け取って学院へとプルートを走らせていった。


　放課後の駄菓子屋ではディンガールの罠の話でもちきりだった。現場にいたカルミンがカーツたちに事の顛末を話して聞かせている。

「残念ながらヨーグルゼリーは効き目がなくて、パナックの親が身代金を払うことになったわ」

「身代金って６６６万リムか？」

「ええそうよ」

「ぐわっ、うちの親なら絶対に払えない金額だな」

「うちもだ……」

　カーツの家は下級騎士、ゴートの親は猟師集団の長を生業としている。

「アンタたちもスケベ心を起こしてディンガールを見に行かない方がいいよ」

　カルミンはカーツをからかうように煽っていた。

「俺はそんなの気にしねえよ！」

「本当に？　ミラさんのことはエッチな目で見ているくせに」

「ち、ちげーし！　そんなことぜんぜんねーし！」

むきになるところが若さだな。

「ユウスケも気を付けてね。ディンガールの魅力に惑わされて触ろうとしちゃダメよ」

「そんなことしないって」

ミシェルに釘を刺されてしまったが、実はディンガールの石像は観察済みである。

はっきり言ってあれはヤバいね。ちょっと抗えない魅力があるのだ。ディンガールの前を通る冒険者は片目を閉じて像を見ないようにして歩くというのもうなずけるよ。

俺はというと、店の商品であるプラスチック製のオペラグラスで石像を堪能したのだ。近づくのは怖かったからね。

商品名：折り畳みオペラグラス
説明　：箱型の折り畳みオペラグラス（四倍）。魔力による手振れ補正効果あり。
値段　：３４０リム

プラスチック製の安物だけど、それなりに使えるアイテムだった。細部まではっきり見てしまいました。お尻がとてもセクシーでした。ミシェルには心の中で謝っておこう……。

女の子たちがいなくなるとカーツがぼそりとつぶやいた。

「と言っても、やっぱり気になるけどな」

ゴートも素直にうなずいている。

「いっそ遠くから見るか？　魅了魔法の射程は短いらしいぞ」

「そうだ、こいつを使えばいいんじゃね？」

カーツが手に取ったのはオペラグラスである。俺と同じことを思いついてしまったか……。

「これください！」

カーツとゴートは１７０リムを出し合ってオペラグラスを購入した。彼らにとってはそこそこの出費なのだが、気にはしていないようだ。

「気を付けろよ。絶対にディンガールに近づくんじゃないぞ」

「わかってるって！　そのためにこれを買ったんだから」

カーツとゴートは他の男の子も誘ってディンガール見学ツアーを組むようだ。ふざけた計画だけど二人で行くよりは安全だろう。それにカーツたちの気持ちもわからなくはない。

「光魔法かランタンが多めにあるとよく見えるぞ」

双眼鏡の明るさは対物レンズの有効径で決まる。オペラグラスのレンズは小さいのだ。

「お、いいことを聞いたな。だったらグレッツを誘おうぜ。アイツは照明魔法《ライト》を使えるから」

カーツたちは念入りに計画を立てていた。

冒険者メルルの日記　6

駄菓子屋でヨーグルゼリーを買った。縄抜けをするつもりじゃなくて、私はこれが好きなのだ。つるんとした食感がたまらないんだよね。

それに量がちょうどいい。ちょっと小腹が空いたときなど、ダンジョンでササッと食べられるところも気に入っている。

試したことはないけど、束縛系のトラップに捕まっても、これを食べれば脱出できるかもしれないしね。

「大きな期待をするのはやめておいた方がいいぜ。ディンガールの罠には通じなかったからな」

ユウスケさんが王立学院の生徒に起こった事件を教えてくれた。とある男子生徒がディンガールに魅了されてしまったそうだ。

絶対に触れてはいけないと注意されていたのにもかかわらず、ディンガールの胸を触っちゃったんだって。男の子はスケベだなあ。

「仕方ないよ、魅了系の魔法だもん。その子もダンジョンに慣れていなかっただろうし」

ミラが男の子をかばっていた。ミラだってディンガールに負けないくらいのプロポーションを持

っている。この子に胸を焦がす男子は何人いるかわかりゃしない。

「リアルディンガールは優しいなあ」

「私がディンガール？　やだなあ、私は悪魔じゃないよぉ」

はいはい、あんたは無自覚天使だよね。人を堕落させる悪い天使だ。まあ、そこいらのエロガキがミラに触ったら、この私が許さないけどね！


ティッティーの病が完治したそうだ。私もアマニ草を集めるのを手伝ったりしたからお礼を言われた。あのティッティーにお礼を言われるなんてびっくりだよ！

「私は借りを作らない主義なの。私にできることがあったら何でも言ってちょうだい」

そう言われたので、さっそくお言葉に甘えることにした。木人を相手に訓練すれば、近接戦闘の実力が上るという話は聞いている。だからファミリアのティファを貸してもらうことにしたのだ。

いや、もちろん私が訓練するわけじゃない。やってはみたいけど、サイズ的に無理がある。訓練するのは私のシバちゃんだ。今の内から英才教育を施しておけば、きっと優秀なファミリアに育ってくれるだろう。

訓練はモバイルフォースの闘技場を借りて行ったけど、結果は素晴らしかった。シバの戦闘力は格段に上がったと思う。サイズは小さいながら動きに緩急と虚実が現れ始めた。

かわいいシバに武闘家の風格が備わってきた、と感じるのは単なる親バカだろうか？　いや、事実、シバは強くなったと思う。

シバとティファの訓練を見て、リガールもライタンに稽古をつけてほしいとお願いしていたもんね。ティファのレベルも上がるとあってティッティーも喜んでいた。

病気はすっかり良くなったので、ティッティーもこれからティファのレベリングを積極的にするそうだ。相談して、明日はチーム・ハルカゼとダンジョンの奥まで一緒に行くことになった。少し多めのおやつを買って頑張るぞ！

第七話　罠

王都の下町の一角に、裏通りに面した古いアパートがあった。ここはパーマネント子爵家の持ち物であり、アパートの地下は倉庫として使われている。

夜ともなると裏通りに灯りは一つもない。そんな暗い通りを足早に歩く人影があった。

黒いフードを深くかぶっているので、その人物の性別はわからない。ただ、なんとなく痩せた人間であることが見て取れるだけである。

フードの人物は素早く左右に目を配り、周囲に人がいないことを確認してから地下へ続く階段を下りていった。

倉庫の扉を開けて入ってきたリッテンパイクにマールは椅子を勧めた。

「誰にも見られなかっただろうね？」

「はい、気を付けてきましたので」

二人は矢作祐介を陥れるための同盟を結んでいる。どちらも単なる逆恨みなのだが、身勝手な性格が遺恨を深めていた。

酒場での邂逅以来、本日が二回目の話し合いとなる。今日は具体的な復讐計画を練ろうと、マー

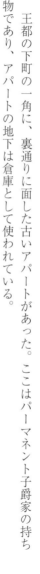

ルがこの場所を提供したのだった。

「それで、なにか具体的な策はありますか、リッテンパイク先生？」

「私なりにいろいろと考えているのですが……」

ヤハギをただ殺す、というのはつまらないというのが二人の共通意見だった。そんなことをしたところで1リムの得にもならないからだ。どうせなら金を奪ってから殺したいというのがマールとリッテンパイクの願いである。

他にもスキャンダルをすっぱ抜いて、それをネタに金銭をゆするという手も考えた。

「残念ながらヤハギに女の影はなかったよ」

マールは手下にヤハギの身辺調査をさせていた。貴族の夫人と不倫関係でもあればと期待したのだが、そういった類の事実は一切出なかったのだ。

「やはり、貯めこんでいる金を奪うのがいちばんいいんじゃないかな？　あいつの精神的ショックも大きいだろうし、僕たちの懐も潤う」

「それはいえますね。あの駄菓子屋はかなり儲かっているみたいですし、領地からの税収もため込んでいるでしょう……」

「きっと、いい小遣いになるな……」

二人はうっとりと汚い夢を見ている。

「問題はどうやって奪うかです。我々の仕業だとは絶対に悟られてはなりません」

「そんなことはわかっている。バレないようにやればいい」

それがいちばん難しいのだが、マールは気楽なものである。

「問題はヤハギの同居人が、あの呪いの魔女であるということです」

呪いの魔女と聞いて、愚かなマールもごくりと唾を飲み込んだ。このうつけ者でさえ、うかつに手を出してはいけない相手だと瞬時に判断できるほど、ミシェルはビッグネームだった。

魔女ミシェルといえば、自分を裏切った国王に対して一歩も引かずに戦い続けた猛者である。そんな伝説の魔女の家に忍び込んだことが知られれば、どんな呪いをかけられるかわかったものではない。

「では、どうする?」

怯えた顔でマールは質問する。

「……誘拐はどうでしょう?」

「誰を誘拐するんだ?　あの家には子どもなどいないぞ」

「冒険者学院の生徒を誘拐するのです。ヤハギには特にお気に入りの子どもがおります」

「それなら知っている。カーツとかいう生徒たちだろう?　たしか、うちの学院のカルミンとかとつるんでいたな」

「調べたところ、カーツ、ゴート、キッカ、カルミンの四人をヤハギはかわいがっているようです」

マールは腕を組んで考える。

「生徒たちを誘拐するのは簡単だろうが、赤の他人の子どもにヤハギが金を出すかな?」

「あの男は子どもに甘いところがあります。おそらく出すでしょう」

「それにしたって、呪いの魔女がしゃしゃり出てきたらどうする？」

「呪いの魔女を引き離しておく必要がありますね」

　悪だくみはミシェルが不在の間に行うべきだと二人は判断した。

「それに、単なる誘拐ではこちらの素性がバレてしまうかもしれない」

「ダンジョンに餌を仕掛けて、あいつらをおびき出しましょうか……」

「そんな美味い餌があるのか？」

　リッテンパイクは思案を巡らす。

「奴らの成功体験を利用するのです。奴らは先日、地下二階のガーゴイル像の封印を解きました。それによって大金を得ています」

「その話は聞いたよ。うまいことやりやがって……」

　マールは悔しそうに歯ぎしりした。他人の名声など耳にするのも嫌なマールである。かつて、『底辺』とけなしていたカーツたちが相手となればなおさらだった。

「奴らはきっと調子づいているでしょう。ですから、同じようなトラップがあると知れば、喜んでやってくるに違いありません」

「同じようなトラップとはなんだ？」

「ヤハギの故郷の文字が彫られたトラップです」

「そんなものが他にもあるのか？」

「なければ作ればいいのですよ」

リッテンパイクは不敵に笑った。リッテンパイクも日本語がわかるわけではない。だが、キッカが数字の謎を解き明かしたのをその場で見ていたので、いくつかのアラビア数字は記憶していたのだ。

それに、その文字はナンバーチョコレートというお菓子を買えば詳細がつかめるはずだ。だったら、マールの手下に買いに行かせればいいだけである、
数字を覚えて、それを適当な場所に書けば、カーツたちは似たようなトラップと勘違いするに違いないと考えたのだ。

「うまくいくかな？」

「マール様はディンガールのトラップをご存じですか」

「今いちばん話題になっている悪魔像だな。先日もパナックというぼんくらがトラップに引っかかったんだ。あいつの間抜け面ったらなかったな」

マールは嬉しそうにダンジョン見学で起きた事件を説明した。

「我々もまさにそれを利用するのです。奴らに罠のトラップを解除できると思わせておいて、ディンガールに捕えさせるのですよ」

「するとどうなる？」

「カーツたちの家は裕福ではありません。きっとヤハギが金を持って助けに来るはずです」

「それを横から奪うわけか！」

二人はにんまりとうなずき合った。

「ただ一つ気になる点があります」

「なんだ?」

「カルミンという王立学院の生徒のことです。彼女の素性はどういったものですか？　大物貴族の娘となると、厄介なことになるかもしれません」

「ああ、あいつか。アイツはどこかの貴族の隠し子って噂だ。まあ、しょせんは隠し子だよ。庶子ですらないんだ。ディンガールに囚われても問題ないだろう」

「それもそうですね」

二人は額を寄せ合って計画の細部を詰めた。

ユウスケside

小雨の降る午後だった。学院はお休みで、ミシェルと俺は座敷でのんびりとくつろいでいた。今日は子どもの数も少なく、店は閑散としている。

「ごめんください。ミシェル様に郵便です」

黒い制服を着た郵便ギルドの配達人がやってきた。配達人の象徴である銀ボタンがピカピカと輝いている。体格もよく、顔つきも精悍な人だ。

郵便ギルドは現国王の肝いりで発足された新しい組織である。これまでは送り主が個人的に配達

人を雇うのが当たり前だったけど、現国王の改革で郵便システムが構築されたのだ
配達人は元軍人が多く、腰には剣を下げている。街道には山賊が出没するのだから武装は当たり前だ。兵士の中でも特に優秀な者が集められたそうで、郵便ギルドの職員はこの世界のエリートと目されている。

郵便の荷馬車は貴重品を積んでいることが多い。だが、これを襲おうとする山賊はほとんどいないそうだ。魔法を使える軽騎兵にわざわざ挑む物好きは少ないのだろう。

ミシェルは受け取った手紙を開いて、驚きの声を上げた。

「どうしたの？　なにか悪い知らせ？」

「そうじゃないわ。アカデミーからの招待状が届いたのよ。私に学研都市イルムで特別講義をしてほしいんですって」

驚いてはいたが、ミシェルの顔は興奮していた。きっと自分の研究が認められて嬉しいのだろう。

「アカデミーで講義なんてすごいじゃないか。名誉なことなんだろう？」

「毎年開催されるんだけど、特に業績の高かった研究者が三人選ばれるのよ。でも、おかしいわね」

「どうしたの？」

「私は応募してないのよ。王都の学会では発表したけど、アカデミー本部には論文を送り損ねちゃって」

「推薦枠とかあるんじゃないか？」

「ああ、そうかもしれないわね。誰かが私の論文を推薦してくれたのかも」

「よかったじゃないか。講義はいつからだい？」

「二十日後の豊穣祭に合わせて開催されるわ」

豊穣祭は秋の収穫祭みたいなものだ。人々は天の恵みに感謝し、全国各地で盛大に祝われる。王都でもビールが振舞われたり、仮装行列があったりと盛況だ。

今年は豊穣祭に合わせてモバイルフォースやマニ四駆の大会も開かれることになっている。俺も特別な露店を出して大会を盛り上げるようにエッセル宰相から直々に頼まれていた。

「どうしようかなあ……」

「行ってくればいいじゃないか」

「でも、ユウスケと豊穣祭を楽しみたかったんだもん」

ミシェルは俺の肩に甘えかかる。彼女の性格だと、本気で俺とのお祭りを優先しかねない。だけど、こんなチャンスは滅多にめぐってくるものではないだろう。

「俺だってミシェルと離れるのはつらいよ。でも、ミシェルはイルムへ行くべきだ」

「そうかな？」

「そうさ。どうせ祭りの期間中は俺だって忙しいんだ。のんびりと楽しむことなんてできないさ」

「うーん……」

まだ迷っているのか。

「もう少ししたら旅行にでも行こう。二人っきりでくつろげるところにね」

「本当に!?　わかった。私、イルムに行って特別講義をしてくるわ！」

その方がいい。この経験は研究者のミシェルにとっていいものになると思った。

マールside

マールはリッテンパイクからの短い手紙を受け取った。

引き離し作戦が成功しました。豊穣祭の期間中、魔女は男から離れます。

これで呪いの魔女に現金強奪計画を邪魔される心配はなくなった。まとまった金が手に入ったら何に使おうか？　マールは妄想を膨らませる。

ずっと欲しかった高級魔法薬のコレクションを買うのもいいし、宝飾店で見かけたエメラルドの指輪も捨てがたい。娼館を貸し切りにして、豪遊するのもいいだろう。

宿題も忘れて、小悪党は甘美な夢に浸り続けた。

ユウスケside

王立学院の女生徒たちが三人でお菓子を買いに来た。女の子たちの間ではこの商品が小さなブームを迎えている。

商品名：パラソル型チョコレート
説明　：パラソルの形をしたチョコレート。
食べ終わったステッキ部分を振ると、古の魔法使いの服装に変装できる。
効果は三十分。
値段　：50リム

日本でいえば時代劇の服装になる感覚かな。お侍とかお姫様、町火消しや奴衆って感じだろう。ちょっとしたコスプレみたいなものだね。これを着て、日光写真で撮影するのが楽しいようだ。

「あ、私も一個欲しい」

甘いものが好きなミシェルもおやつに一つ買い、顔をほころばせながら食べている。こういう仕草は本当にかわいい。

「さーて、どんな衣装が出てくるかな……」

食べ終わると、ミシェルは小さなステッキを斜め下に振り下げた。薄紫の煙が湧き出てミシェルの体を包んでいく。

煙が晴れると、そこにいたのはクラシカルな風体のネクロマンサーだった。紫の水晶がはめ込まれた鋼の大鎌、邪神の顔をあしらったフードがついたローブ、髑髏のマント止め、胸元が開いたボ

ロボロのロングドレス。

おどろおどろしい恰好なんだけど、黒と薄紫を基調色としたコスチュームが似合いすぎている！

「やだ、なんか落ち着く……」

店にいる誰もがミシェルの言葉を否定しなかった。誉め言葉になるかは微妙だけど、それくらいミシェルの死霊術師姿ははまっていたのだ。

「どう、ユウスケ？」

「うん、ミシェルは何を着てもかわいいね。特にそういう……シックな色合いは」

言葉選びは慎重に。

「ありがとう。そうだ、いっそアカデミーの講義でもこれを着ようかしら？　迫力があると思うんだけど」

迫力はあると思う。むしろありすぎるくらいだ。だけど、アカデミーの壇上で時代劇はよろしくない。

将軍様の恰好でサンバを歌い上げるくらいのインパクトがあるぞ。それがショーなら楽しいだろうけど、講義中はダメでしょう。

「やめときなよ。衣装に気を取られて講義内容が頭に入ってこなくなっちゃうよ」

「それもそうね」

クスクスと笑う死霊術師は不気味にかわいい。キモカワならぬブキカワだな……。性癖をくすぐられた俺は、はにかむミシェルを写真に収めた。

夕方、座敷の奥ではミシェルが旅行鞄に荷物を詰め込んでいた。ミシェルは明日、イルムに向けて出発するのだ。

「おいおい、荷物が多すぎないか？」

「だって、必要になるかもしれないじゃない」

着替えだけではなく、魔法書や薬瓶、マジックアイテムもいくつか持っていくつもりらしい。

「それにしたって、そんなにあったら鞄の蓋が閉まらないよ」

俺が一緒なら天秤屋台に荷物を入れて、次元の狭間にしまっておけるんだけどなあ。

「ユウスケほどじゃないけど、私も少しだけ空間魔法を使えるのよ」

その魔法を使えば鞄の容量の一・三倍の荷物を入れることができるようになるそうだ。

「そんな便利な魔法もあるんだね」

「けっこう高度な魔法だから使える人は少ないわ」

「へえ、さすがはミシェルだ。どれ、やってみせてよ」

「うん、見ていてね」

ミシェルはチョークで床に魔法陣を描くと、その上に鞄を置いた。鞄は荷物で溢れ、蓋が閉まらない状態である。だがそんなことはお構いなしに、ミシェルは特殊な呪文を口の中で唱えていく。

するとと魔法陣が紫色に輝きだし、ヒューヒューと風が鞄の内側に吸い込まれていくではないか。

「おお！」

やがて魔法陣がひときわまばゆく輝いたところでバタンと鞄の蓋が閉じ、カチャリと鍵がかかった。

「すごいじゃないか！」

「えへへ。あ、いけない、大切なメモを入れ忘れちゃった！」

やれやれ、魔法使いとしては類稀なる才能を持っているけど、こういうところがおっちょこちょいだ。でもそれこそがミシェルの魅力の一つとも言える。

「あれ、鍵がうまく……きゃっ！」

ミシェルが留め金を外すと、鞄は勢い良く開き、中の荷物が飛び出してきた。空中を舞う本や服、アイテムのいくつかが畳の上を転がっていく。

うわっ、ミシェルのパンティーが俺の頭の上に降ってきたぞ！　しかも、かなりきわどいやつが。

「これ、見覚えがあるな……」

「うん、先週はいたらユウスケがすごく喜んでくれたやつ……」

ミシェルは真っ赤になって下着をかっさらっていった。

「人前で鞄は開けないようにな」

「うん……」

やっぱり他人にミシェルの下着は見せたくないからね。

たわいもない会話をしていると表の方から話し声が聞こえてきて、カーツたちが飛び込んできた。

「たいへんだ、ヤハギさん！」

やれやれ今日はなにがあったというんだ？　店の方へ出て、荷物が散らばる奥座敷の扉を後ろ手で閉めた。

「どうした、カーツ。騒々しいな。財宝でも見つかったのか？」

「そうなんだよ！」

へ、本当に!?

「ばか、大きな声を出さないの！」

キッカがピシャリとカーツの頭を叩いた。幸いカーツたちに気を取られている客はいない。

「まあ、座りなよ。内緒の話ならそこで聞こう」

俺は四人をテーブルのところに座らせた。

カーツとゴートは興奮しまくっていた。それに対してキッカとカルミンは冷静そのものである。

「で、財宝っていうのはなんなんだ？」

「それなんだけど、実は今日、俺とゴートはダンジョンに潜ったんだ」

「二人だけで？」

「いや、男友だち八人とちょっとな……」

「どうしてキッカとカルミンが一緒じゃなかったんだ？」

キッカがまたカーツの後頭部を平手打ちした。

「いてえな！」

「アンタたちがスケベだからよ！」

どういうことかさっぱりわからない。

「こいつら、私たちに隠れてディンガールの石像を観察に行ったんですって。いやらしい！」

「しょーもないよねー、男の子たちはさ」

キッカは蔑むように怒っていたが、カルミンはおもしろそうに笑っていた。

そういえばカーツたちはディンガール観察ツアーを計画していたんだっけ。それをついに決行したんだな。

「ほら、先日ヤハギさんがアドバイスをくれただろう？　光魔法やランタンをたくさん持っていけって。あれのおかげで細部までよく見えたぜ！」

「ユウスケ、どういうことなの？」

すかさずミシェルのツッコミが入ったが俺は強引に話の流れを変えた。

「そんな話したかな？　それより、財宝とディンガールの石像がどう関係してくるんだよ？」

「それがさ、明るくして観察したおかげで、俺とゴートはとんでもないものを見つけてしまったんだよ」

「見つけたって、なにを？」

「例の数字さ！　なんだっけ？　ほら、アダビダ数字？」

れていたんだ」

「それそれ！　ディンガールの内腿や胸の下。お尻の上の尻尾の付け根とかにアラビア数字が書か
「アラビア数字な」

「エッチなところばっかり見て！」

再びキッカの張り手がさく裂していた。

しかし、また元いた世界で使われていた数字が発見されたのか。ひょっとして、長谷川さんが同じような宝をもうひとつ残してくれたのかな？　だったらいいけど……。

「きっとあそこにもお宝が眠っているに違いない！」

カーツとゴートは意気込んでいる。

「まあ、スケベもたまには役に立つってことね。今度はカルミンも一緒に行こうよ」

キッカは呆れ顔をしているが嬉しそうでもある。

「あーしもいいの？」

キッカの誘いにカルミンは戸惑っていた。

「あなただって同じチームじゃない。それとも行きたくない事情でもあるの？」

「あーしも行きたい！　だって夢があるもん」

「だよな！　ディンガールはお金を貯めこんでいるから、その額もかなりになるはずだぞ」

カーツは興奮しきっている。

「かなりって、1億くらいあるのかな？」

「いやいや、10億リムはあるだろう。財宝が見つかったら自分たちの秘密基地を借りようぜ！　そこに探索の道具とか、お菓子を大量に置いておくんだよ」

「それいいね。あーしもそういう場所が欲しかったんだ！」

「それじゃあ、先を越されないよう明日は早くから探索に行くぞ！」

「おう！」

四人は大はしゃぎをしている。しかし大丈夫かね？　付いていってやりたいけど、明日は豊穣祭だ。エッセル宰相から頼まれている仕事もあるので、俺はかなり忙しい。

「止めたって行くと思うけど、じゅうぶん気を付けろよ」

「わかってるって！　今度だってうまくいくさ」

「万が一のときは俺にすぐ報せるんだぞ」

「もしものときはゴートのホークか、キッカのルーフを使いに出すよ」

空を飛べるファミリアならダンジョンもすぐに抜けられるだろう。特にホークの飛翔速度は目を瞠《みは》るものがある。若干の不安はあったけど、俺はカーツたちを見守ることにした。

カーツたちを見送りながらミシェルが首を傾げる。

「カーツ君たち大丈夫かしら？」

「心配だけど、カーツたちも冒険者の卵だ。まあ、いざとなったら手助けはするつもりさ」

「そうだね。ユウスケ……」

ミシェルは扉を閉めて鍵をかける。しかもその上に結界まで施しているぞ。え、さらには音響結界まで？　ここまでするとと室内は外界と完全に遮断されてしまうのだ。

「どうしたんだよ、ミシェル？　何か心配事でもあるのか？」

「そうじゃなくて……、ほら、明日から離れ離れじゃない。だから今夜は誰にも邪魔されずにユウスケと二人きりがいいかなって……」

身をくねらせて恥ずかしがるミシェルはかわいかった。これだけ愛されているって、俺は幸せ者だな。そろそろ将来のことも真剣に話し合わないといけない時期に来ていると思う。

「とりあえずご飯にしようよ。今日は特別なワインを開けよう」

そう言って誘うとミシェルは目を輝かせて喜んでいた。

マールside

裏通りに面した地下アパートで今日もマールとリッテンパイクは秘密の会合を開いていた。

「ディンガールの細工はうまくいったかい？」

「それ以上ですよ」

リッテンパイクは嬉しそうに鼻を持ち上げた。

「それ以上とはどういうことだ？」

「計画通りディンガールの石像に数字を書いたのですが、その直後にカーツとゴートがやってきたのです」

「なんだと？　顔を見られてはいないだろうな？」

「ご安心を。作業は冒険者に偽装して行いました。面付きの兜をかぶっていたので、たとえ見られていたとしても、私だとは気が付かなかったでしょう」

「だったらいいが……」

「奴らはオペラグラスという道具を使ってディンガール像を観察していました」

「どうしてわざわざそんなものを使うのだ？」

　リッテンパイクは心の中でマールに呆れた。そんなことも知らないなんて、私の生徒だったら確実に落第だわ。

「あの石像は男を惑わせる魔力を放出しているのです。近づきすぎると、その魅力に抗えず、触れてはならないとわかっていても触れてしまうのです。きっとそれを予防するためにオペラグラスを使ったのでしょう」

「ふーん……」

「とにかく奴らはディンガールの石像を観察し、数字に気が付きました」

「そうか、うまくいったか！」

「ええ、罠とも知らずに小躍りしていましたよ」

「本来なら細工をしてから情報を流す予定だったが、向こうからわざわざ罠にかかってくれるとはおめでたい奴らだな」

「まったくです。二人ともいい笑顔をしていましたよ。すぐにほえ面になるとも知らないで」

二人は邪《よこしま》な笑みを浮かべた。

「それにしても、よくディンガールの呪いが先生に発動しなかったな。細工をしているときは平気だったのかい？」

「これでも古代秘宝学の専門家ですよ。あの像のトラップはある程度の圧力を感知しないと発動しないのです。筆で文字を書くくらいなら平気です」

リッテンパイクはナンバーチョコレートを手に入れて異世界の数字を覚えたのだ。そして筆でそれっぽく書いただけである。

「さすがは先生だ」

「奴らはアレを財宝の隠し場所だと信じ切っています。明日にも調査にやってくるでしょう。そうすれば、奴らはディンガールに捕まり、ヤハギに助けを求めることになるに違いありません」

「我々はその金を奪えばいいわけだ。ディンガールの身代金はランダムらしいな。せいぜい高値を付けてほしいものだ」

「本当に」

二人の高笑いが薄暗いアパートの地下室に響いた。

冒険者メルルの日記　7

王都の女子学生の間ではパラソル型チョコレートを使った遊びが流行しているそうだ。パラソル型チョコレートのステッキを振って、昔風のドレスを着て、それを日光写真に残すというものらしい。

どこの女の子だって自分のかわいい姿を残しておきたいものだ。それは王都でもルガンダでも変わらない。

私とミラもやってみようということになって、パラソル型チョコレートと日光写真を十個ずつ買い込んだ。

ふっふっふっ、ついつい大人買いしてしまいましたよ。今日の探索はけっこう実入りがよかったからね。デビルベアーが二体で3万リムもの銀貨をドロップしたのだ。二人してミラの家に集まって変身ごっこを楽しむことにした。

まずはチョコレートを一つずつ食べた。

「よく考えたら、チョコレートを五本も食べなきゃいけないんだよね。また太っちゃうかな？」

ミラが心配していた。どうせぜんぶ胸にいくくせに……。

「これくらいどうってことないよ。私たちは一日中ダンジョンを探索していたんだよ。ユウスケさんも言ってたもん。よく動いていれば太らないって」

「それもそうよね」

ユウスケさんの名前を出すと、ミラはあっさりと私の言うことを信じた。まあ、ユウスケさんが嘘なんてつくはずないから大丈夫だろう。でも、本当に本当かな？　きつくて皮鎧が入らなくなるなんていやだからね！

チョコレートを食べ終わると、さっそく一回目の変身を楽しむことにした。まずはミラからだ。

ミラがステッキを軽く振ると水色の煙がミラを包み込んだ。そして……、現れたのは水の神殿の巫女衣装に身を包んだミラだった。

「きゃあっ！」

ミラはうずくまるようにして自分の体を抱きかかえる。それもそのはず、水の神殿の巫女は、水龍に対して害意のないことを示すため、シースルーの衣を着けているのだ。

大切な部分は隠れているけど、胸や太ももの形がわかってしまうほどきわどい衣装だ。ミラが恥ずかしがるのも無理はなかった。

「や、やだ。メルル、あんまり見ないで」

温泉とかでさんざん裸を見ているのだ、今さら恥ずかしがることもないだろうに。

「それとこれとは話が違うの。って、写真を撮る気!?　や、やめてよ!!」

「まあいいじゃない。どうせ見るのは私たちだけなんだからさ。ほら、巫女さんみたいなポーズをとって」

恥ずかしがるミラを説得していると、ミラのファミリアであるエルも私を助けてくれた。なんとリングヘッドの石をアクアマリンの色に変化させたのだ。

「ほら、エルも衣装に似合うように変身してくれたよ」

「本当ね。エルも一緒に写真を撮りたいの？」

ミラがそう聞くとリングの頭が点滅しだした。きっと肯定しているのだろう。

「……わかったわ。エルが撮りたいのなら一緒に撮りましょう」

ミラは気を取り直して日光写真の箱に向かってほほ笑む。

出来上がった写真はたとえユウスケさんやマニさんであっても見せられない代物だったよ。だって、女の私からみても色っぽかったもん！

続いて私の番になった。

「メルルはどんな衣装が着たいの？」

「そうねえ、私は何を着ても似合うと思うんだけど、どうせなら古の占い師みたいなのがいいな」

昔の占い師は派手な衣装と装身具を着けていたそうだ。お話の挿絵の中で、何重ものネックレス、腕輪、足輪なんかをジャラジャラとさげているのを見たことがある。

そうやって音楽に合わせて踊るのだ。私も踊りは得意だからきっと似合うことだろう。

「それじゃあやってみるね」

私は元気よくパラソルのステッキを振った。立ち昇るのは黄色い煙だ。さて、私はどんな風になるのかな……。

「な、なんじゃこりゃぁあっ!?」

鏡に映った自分を見て腰を抜かしてしまった。だって、鏡の中にいたのは古代のシャーマンだったんだもん。

カラフルで大きな仮面、藁を束ねた腰巻、上半身も藁の服だ。露出部分は多いくせに色気の欠片もないよ……。

「占い師というより呪い師だね。まあいいや。それじゃあ撮るよ」

「え、ちょっと待って!」

ミラは待ってくれない。こういうときのミラは容赦がなかった。

パラソル型チョコレートと日光写真を使い切り、撮った写真を二人で見返した。かわいいものが多かったけど、ちょっぴりエッチな写真や、かなり間抜けなものも撮れていた。

「こんなのを他人に見られたら生きていけないよ。シャーマンってなんなのさ」

「私だって同じだよ。こっちなんてお尻が丸出しだよ。ルガンダの男の子に見られたら大変だわ」

二人で相談して、そういった写真は燃やすことにした。やっぱり黒歴史を残しておくのは危ないからね。危機管理は冒険者の基本なのである。

DAGASHIYA YAHAGI

第八話　やってきた暴れん坊

街は人で溢れかえっていた。本日は豊穣祭の初日である。神殿ではリボンと護符で飾られた麦の穂が売られていて、人々はこれを求めてやってくる。この飾りを戸口に立て、来年の豊作を祝うというのが豊穣祭のメイン行事なのだ。

屋台もたくさん出ているぞ。酒を売る店はもちろん、串焼きやスープ、甘い蜂蜜水や揚げ菓子を売る店など様々だ。

かく言う俺もマニ四駆の大会会場の一角で屋台を出しているところだ。もう少ししたら優勝者に特別仕様のマニ四駆を贈呈することになっている。

アバンティ・マークⅣ、駄菓子屋ヤハギバージョンである。グラフィックが特別仕様で、後部ウィングには駄菓子屋ヤハギのロゴが入っている限定品だぞ。持っていればプレミア価格がつくこと間違いなしの希少マニ四駆なのだ。

大会はまだ続いているので表彰式まではもう少しかかるかな？　それまでは商売に励むとするか。

「さあ、いらっしゃい、いらっしゃい！　駄菓子屋ヤハギのあんず飴はいかがですか！」

あんず飴と言っているけど、じっさいはスモモに水あめを絡めたお菓子である。氷の塊に窪みを作り、そこに置いて売っているのでとても涼しそうに見えるのだ。

東日本では縁日の定番商品だけど、西日本の人にはあまり馴染みのないお菓子かもしれないな。

あちらではあんず飴よりりんご飴が主流と聞いたことがある。

普段ならスモモはパックで売っているんだけど、今日はお祭りなので縁日仕様にしたというわけだ。

商品名：スモモ漬け
説明　：甘酸っぱい酢酸シロップにつけたスモモ。
**　　　　食べると注意力が散漫にならない（三時間）。**
値段　：100リム

普段は凍らせて販売しているんだけど、このように水飴に絡めても美味しいのである。珍しいこともあってか、あんず飴は子どもを中心によく売れていた。

カーツside

ヤハギが屋台であんず飴を売っている頃、カーツたちはダンジョンの地下三階にいた。目指すはディンガールの石像である。

「あーあ、今ごろ地上はお祭りなんだろうなあ。あーしもユウスケっちのあんず飴が食べたかったな」

カルミンの言葉にカーツは呆れている。

「ばーか。お祭りより今は財宝だろう？　それに祭りは三日にわたって開催されるんだ。あんず飴は明日食べればいいじゃねえか」

「それもそうだね。あっ、ディンガールの像が見えてきたよ」

四人はいそいそと石像に近づいていった。

「石像に触れていいのは正しい数字の部分だけよ。まずは『０』だからね」

キッカがカーツに念を押した。

「わかってるって。俺も冒険者の端くれだ。へまはしねえよ」

「魅了の対策はできている？」

「俺とゴートはさっきからこれを食べている。大丈夫だって！」

商品名：シゲキＥＸ
説明　：酸味の強いグミ。目の覚める刺激で煩悩を振り払う。
値段　：１００リム

「思ったとおり、これのおかげでディンガールに近づいてもエロい気持ちは起きないぜ」

「しっかり頼むわよ。カーツはもう二粒くらい食べておけば？」

「うるせえなぁ、キッカは。そんなにスケベじゃねえよ。それに、俺よりゴートの方がムッツリなんだからな……」

ブツブツ文句を言いながらも、カーツは追加のグミを口に放り入れた。

石像のそばに寄ると、いちばん背の高いゴートがランタンを掲げた。

「見て、尻尾の先に『0』があるよ」

見つけたのはカルミンだ。

「うん、間違いない。今回も同様のトラップみたいね……」

スペード型をした尻尾の先端にキッカは指を伸ばした。

キッカの指が触れた瞬間にディンガールの目が赤く輝いたが、それを見たものはいない。その場にいた四人とも、すぐにディンガールの髪に絡めとられ、身動きが取れなくなってしまったからだ。

「くっそぉ、どうなっているんだ？」

「カーツ、耳元で騒がないでよ！　それと、アンタの手があーしのお尻に当たってるんだけど……」

「わ、わりい……。でもどうしようもないだろ。動けないんだから……」

キッカは悲痛な声をあげる。

「みんな、ごめん。私のせいだ」

「自分を責めるな。誰もキッカが悪いなんて思っていない」

「そうだな。キッカだけを責めたりしねえよ。でも、どうしてこうなった？　数字は正しかったはずだろう？」

「わかんない。ひょっとして、今回は数の大きい順に押さなければならなかったのかな……」

「検証は後だ。とにかくここから脱出しないと……」

カーツは視線を身代金ボックスへと移し、石板の上に現れた金額を見た。

「ゲッ、１２８４万リムかよ!?」

「どうしよう、そんな大金、お父さんに支払えるわけがないよ！」

「泣くな、キッカ。それはうちだって同じだ」

ゴートは冷静に状況を整理する。

「こうしていても仕方がない。ここはヤハギさんの言葉に甘えよう」

「そうだね。何かあったらファミリアを送れって、ユウスケっちが言ってたもんね」

幸いファミリアたちはディンガールに囚われていない。

選ばれたのはいちばん速く移動できるホークだった。まだ風に流されるが、四体のファミリアの中で伝令には最適である。

「ホーク、ヤハギさんのところへ行ってきてくれ。頼んだぞ」

ホークは一声高く鳴くと、翼を羽ばたかせてダンジョンの中を飛んでいった。

ユウスケside

祭りは盛況で二百個用意したあんず飴もそろそろ売り切れそうな勢いだった。明日からはルガンダでも豊穣祭が始まるので、今度はそちらで店を出す予定だ。みんなの前でスピーチや、お祭りの進行など、やることが多い。

いつもならミシェルにいろいろと手伝ってもらうとこだけど、特別講義に出向いているのでしばらくは不在だ。

こうしてみるとミシェルに頼っている部分が多いなあ。いなくなってわかるパートナーのありがたみというやつだ。帰ってきたらさらに大切にすることにしよう。

「お兄さん、あんず飴をちょうだい」

小さな男の子がやってきた。

「はいよ。１００リムね」

「ありがとう。えっ、ちっちゃい鳥!?」

あんず飴を手渡す俺の手に、ひよこより小さな鳥がとまった。これはゴートのホークじゃないか！

「ホーク、お前……」

「ピーッ！」

ホークはせわし気に俺の手を軽くついばむ。まるで急かしているかのようだ。

「ゴートたちに何かあったんだな？」

「ピーッ！」

ホークの切なげな声が祭りの雑踏の中で響いた。

これはなにか悪いことが起きたに違いない。ホークはそれを報せるために飛んできたのだろう。

その場ですぐに千里眼を発動させた。祭りの喧騒は一瞬にして遠のき、俺の意識は肉体の呪縛から解放される。検索ワードをカーツにして四人の居場所を捜した。

いた！　やっぱりディンガールの石像に囚われていたか。しかしどうして四人は捕まったんだ？　今回は罠の解除に失敗したのだろうか？　それとも、もともと財宝なんて隠されていなかったのだろうか？

いや、詮索している時間はないな。早く解放してやらないとカーツたちの精気は残らずディンガールに吸われてしまう。

たとえそうでなくても、ここは危険なダンジョンの中なのだ。別のモンスターが出現する恐れだってある。

石板の金額を確認すると１２８４万リムとあった。大金ではあるが払えない額でもない。急いでダンジョンへ向かうとしよう。

千里眼を解くと、心配そうにこちらを見つめるホークと目が合った。

「心配するなよ。ゴートたちは俺が必ず助けてやるからな」

「ピー……」

　俺は自分のハンカチを小さくちぎりホークの脚に結んだ。

「こうしておけば、ホークが俺と接触できたとわかるだろう。ホークは先にゴートたちのところへ戻って安心させてやってくれ」

　俺の言うことを理解したのだろう。ホークは小さく鳴くと、ダンジョンの方角へ飛び去った。俺もグズグズしている暇はない。

　八連発ピストル、モンスターカード、ロケット弾。いつもの装備を身に着けると、気を引き締めて俺も走り出した。


　ありがたいことに、ダンジョンでモンスターに遭遇したのは一回だけだった。物陰から現れたゾンビと遭遇戦になり、ピストルで頭部を打ち抜いて倒す。ドロップした金と魔石には目もくれず先を急いだ。

　そうやって地下三階のディンガール像までやってきた。

「四人とも無事か？」

「ヤハギさん、ごめん！」

　カーツたちは俺を見ると、涙を浮かべて謝ってきた。

「今すぐ解放してやるからな」

「でも、身代金は１２８４万リムもするんだ……」

「わかっている。金は持ってきたから心配するな」

「俺、頑張って、絶対に返すから」

「ああ、わかっている。出世払いってやつだろう？　カーツたちならきっと大丈夫さ」

開店と念じて、天秤屋台と手提げ金庫を呼び出した。この中には２０００万リム分の現金がいれてあるのだ。

金庫から金貨をつかみ取り、箱に投入しようとしたそのときだった。俺の背後で聞き覚えのある声がした。

「動くな！　金はそのままにしておいてもらおうか」

ダンジョンの闇から現れたのは冒険者などではなかった。そいつらはモンスターでもない。ある意味においてその中間、モンスターに近い人間の一団とも言えるような薄汚い奴らだった。

「お前たちは……マール・パーマネントとリッテンパイク？」

二人は十人ほどの手下を連れて現れた。

「久しぶりだな、ヤハギよ。ずっとこの瞬間を待ちわびていたぞ」

どうしてこの二人が一緒にいるんだ？　一人は王立学院の生徒、もう一人は冒険者学院の元教師で、接点はないはずだ。

そんな二人の共通点といえば……、俺に対する恨みか！　こいつらは俺へ復讐するためにカーツたちを巻き込んだというのか。

「まさか、これはお前らの仕業か？」

「おいおい、人聞きの悪いことを言うなよ。ディンガールに触れたのはこの間抜けどもだ。俺たちは石像にちょこっとだけ数字を書きいれただけさ」

その言葉ですべての謎が解けた。カーツたちはマールとリッテンパイクに利用されたのだ。

「さて、賢い駄菓子屋ならもうわかっているだろう？　その金をこちらに渡してもらおうか」

マールは俺をバカにしたように命令してきた。

「断る。この金は四人を助けるために使うんだ」

「往生際が悪いな。それならば先にお前を殺して金をもらうだけだ」

マールの手下たちは戦闘態勢をとりながら俺を半包囲した。

「簡単に殺せると思うなよ」

「おいおい、いいのか？　抵抗すれば、先にこいつらを殺すだけだぞ」

マールが手を上げると手下の一人がカーツたちに短弓を向けた。クソ、人質を取られてはどうしようもない。ここは奴の要求を呑むしかないか……。

「待て！　金はあるだけ渡す。四人には手を出すな」

「いいねえ、その必死な顔。伯爵ともあろうものが僕に膝を屈するとは、実に爽快な気分だ。では、まずその手提げ金庫をこちらに渡してもらおうか」

臆病なマールは自分では動こうとせず、手下の一人をこちらに寄越した。

考えろ。どうすればいい？　このままでは俺は殺されてしまうだろう。証拠を残さないために、マールはカーツたちだって殺してしまうかもしれない。こうなったらイチかバチか……。

俺は右手で手提げ金庫を持ち、相手の顔の高さまで上げる。

「寄越せ」

短く命令してきた相手に金庫を渡した。

「…………」

男は金庫を受け取ると後ろに下がり、マールにそれを手渡す。中身を確認したマールは相好を崩して喜んでいた。

「おお、けっこう貯めこんでいたじゃないか。こりゃあ、なかなか使い出があるな」

だが、喜んだのもつかの間、金庫を届けた男がマールを後ろから抱えて、ナイフを首元に押し付けた。

「な、何事だ!? 放せ！ 放さないかっ!!」

よし、うまくいった！ 実は金庫を渡すとき、ティッティーからもらった服従のガスを男に嗅がせ、マールを人質にとるよう小声で命令したのだ。

「全員動くな！ さもないとその男がマールを殺すぞ」

服従のガスの効き目は十分くらいだとティッティーは言っていた。交渉の時間はあまりない。短い時間でなんとか決着をつけなくてはならない。

「お前、こんなことをしてどうなるかわかっているのか!? さっさと僕を解放しろ！」

マールはキーキーと喚いていたけど、男がマールを放すことはなかった。まずはマールを黙らせないと。

「静かにしないか！　もっと痛めつけてやってもいいんだぞ」

「ぐっ……」

軽く脅すとマールはすぐに黙った。

俺は頭の中で素早く行動計画をまとめる。とりあえず、マールとリッテンパイクに服従のガスを嗅がせるとしよう。

首謀者の二人がこちらの言うことをきけば、手下たちも逆らうことはないだろう。その間にカルミンたちを解放して、ここから脱出すればいいのだ。

さっそく実行に移そうと一歩踏み出したのだが予想外のことが起こった。なんと、リッテンパイクがマールを押さえていた男の腹をナイフで刺したのだ。

青ざめた顔ではあったが、リッテンパイクは容赦なくナイフに力を込めていた。男のシャツに血の染みが広がり、鮮血が零れ落ちる。くぐもった呻きを上げながら男は地面に倒れてしまった。

「この役立たずが！」

無情にも、マールは傷ついた男の頭を踏みつける。

「よくやってくれた、リッテンパイク先生」

「おそらく、ヤハギが魅了系の魔法か薬を使ったのでしょう。気を付けてください」

「そういうことか」

こちらの手の内を知られてしまったか。こうなっては多勢に無勢。万事休すか？

マールは自分の首をさすりながらこちらを見た。

「やれやれ、絞められたところが痛くてかなわないよ。これは少々お仕置きが必要だな」

邪悪な笑みがマールの顔に広がり、手に魔力が集められた。親のコネで入ったとはいえ、こいつも王立学院の生徒だ。攻撃魔法の一つくらいは使えるのだろう。

だが、人質を取られているので、俺は抵抗できない。このままなす術なくやられるしかないのだ……。

「くくく、安心しろ。お前に攻撃はしない。その代わり、こちらの女に罪をあがなってもらおうか」

マールの手のひらの上の魔力は具現化し、小さなナイフの形をとっている。あれは無属性魔法のダンシングソードか！

本来ならもっと大きな剣の形をとるのだが、あえて小さなナイフにしたのか、それとも奴の術が拙いだけか？　それでも危険な代物であることにはかわりない。

「おい、よせっ！　やるなら俺を殺せ！」

寡黙なゴートが声を張り上げたが、マールは無視して回転するナイフをキッカに近づけていく。

身動きの取れないキッカは恐怖に顔を歪めた。

「たっぷりと辱めてやるからな。まずはお前の服を切り裂いてやろう……」

マールは赤い舌で唇を舐めながらダンシングソードをさらにキッカへ近づけていく。

「いやぁ……」

だが、ダンシングソードはキッカに届く前に空中で霧散した。

「な、なんだ？　また魔法が失敗した？」

違う。すっかり忘れていたけど、俺は一人ではなかったのだ。俺の肩のスアマが身を紅く染めて震えていた。そう、こいつの0魔力領域が発動したのだ。

今なら奴らの不意を突けるかもしれない。こうなったら持てる力を最大限使って抵抗してやる！

そう考えた俺の耳にダンジョン内では珍しい物音が聞こえてきた。

パカラ！　パカラッ！　パカラッ！

「これは、馬の蹄の音？　誰かがここへ来るわ！」

リッテンパイクも不安そうにしている。ダンジョンで馬に乗る人間は滅多にいない。少なくとも俺は見たことがない。

強いて言えばプルートに乗るミシェルくらいのものだが、これはプルートの足音とはぜんぜん違うぞ。

蹄の音は次第に大きくなり、本当にこちらに真っ直ぐやってくるようだった。やがて、暗闇の中から白い生き物が姿を現す。

あれは白馬？　違う、ペガサスだ！

突如現れた希少種に誰もが仰天していた。しかもペガサスには大柄な男が乗っていた。全身から覇気をまき散らしているような迫力のある男である。

どうしてこの人がここに!?　およそダンジョンで再会することなど想像もつかないような人物が目の前にいる。

男は無言で長剣を振るい、マールの手下を迷いなく斬り倒していく。

「何をしている！　相手は一人じゃないか。さっさと反撃しないか！」

悲鳴のようなマールの命令が響いたが、立て続けに斬られたのはマールの五人の配下だった。

残った手下に守られながら、マールは男の素性を探る。

「き、貴様は何者だ!?　僕はパーマネント子爵家のマールだぞ。このような無礼は許されないのだからな！」

だが、馬上の男は少しも動揺しない。それどころかマールの目を見据えながら問いただした。

「マール・パーマネント。余の顔、見忘れたか？」

そのセリフ、暴れん坊の将軍的なやつ！　だがしかし、やってきたのは……。

「ま、まさか、国王陛下!?」

白馬ならぬペガサスに乗ってやってきたのは、将軍ならぬ国王だった。まあ、バルトス国王は元将軍だからいいか……。

でも、どうして国王がダンジョンに？　しかもペガサスに乗っているってどういうことよ？

みんなが陛下に気を取られている隙に、俺はカーツたちの前に回り込んだ。これで、子どもたちに手は出させないぞ。

「マール・パーマネント、並びにテデス・リッテンパイク、貴様らの罪はすでに暴かれた。言い逃れはできないものと思え」

「陛下、これは何かの間違いです。私はたまたまここを通っただけでして……」

マールは一生懸命言い訳するが、そんな御託が通じるバルトス国王ではない。

「お前の父親であるパーマネント子爵もすでに捕らえられているであろう。こ奴らを連行しろ！」

暴れん坊……じゃなかった、国王の後から駆け付けた兵士がマールたちを捕縛している。手下たちはもう抵抗する気力もないようだ。

「ぼ、僕は何も悪くない！」

「誤解なのです陛下！　陛下ぁああ！」

泣き叫びながらマールとリッテンパイクは連れていかれてしまった。

二人の叫び声が遠ざかると国王はペガサスから下りて俺たちの方へ歩いてくる。

「陛下」

「うむ」

てっきり声をかけられるかと思ったのだが、バルトス国王は頷いただけで俺の横を通り過ぎた。

そして子どもたちの前に立つ。

「カルミン、怪我はないか？」

「パパ……」

なんだって!?　今、パパって言ったよな？　ということは、カルミンはバルトス国王の隠し子だったのか！

エッセル宰相の娘かと思っていたけど、考えてみればさもありなんだ。このスケベ国王なら隠し子の一ダースくらいいたって驚くことじゃない。

「子どもたちを自由にしてやれ」

命令を受けた部下が箱に1248万リム分の金を投入すると、四人に絡みついていたディンガールの髪は生き物のようにうごめき、石像へと戻った。

カルミンとバルトス国王は突っ立ったまま見つめあっていたが、それ以上のことは何も起こらない。

気まずい空気が二人の間に張り詰めている。何を話していいかわからないといった感じなのだろう。

「パパ、ありがとう……」

「うむ」

一言だけ言葉を交わすと、バルトス国王は満足したのか俺の方を向いた。

「久しぶりだな、ヤハギ伯爵。いつもカルミンが世話になっていると報告を受けている」

「いえいえ、カルミンはいい子ですよ」

「うむ。あれの母親も素晴らしい女性だった」

「ファルマさんでしたよね。ステキな方でした」

「そうか、ファルマに会ったか。息災にしていたか？」

「お仕事に精を出しているそうです。潑剌としていらっしゃいましたよ」

国王は懐かしそうに宙を眺めた。ダンジョンの天井に思い出を投影しているのかもしれない。

「ファルマと知り合ったのは西部戦線に赴いていたときだ。彼女は従軍治癒士として働いていたのだ。血の臭いが立ち込める戦場で、ファルマは光の天使のように輝いていたな……」

　それで手を出しちゃったわけね。で、浮気をしたせいで喧嘩別れになったんだな。それにしても、この国王をぶん殴っただなんて、ファルマさんも相当の女傑だぜ。

　国王と話していると、それまで黙っていたカーツが一歩前に出た。顔は青ざめ、額には脂汗が浮いている、かなり緊張しているのだろう。

　それもそうか、相手はこの国の王であり、善政ながら武断政治を推し進める人物だ。肝の太い冒険者とはいえ、臆さずに話すのは難しいに違いない。

　だけど、カーツは踏ん張り、胸を張って口を開いた。

「国王陛下、助けていただいたことに感謝します。また、お借りした身代金は必ずお返しすると誓います」

「ふむ、騎士ルゴルトンの息子のカーツか」

　バルトス国王はおもしろそうにカーツを眺めた。カルミンの友人ということでカーツの身辺調査も完璧のようだ。

　今回バルトス国王が出張ってきたのも、カルミンにつけられていた護衛が報告を入れたからなのだろう。

　それにしても、娘のことを心配して、この国王がダンジョンまでやってくるとは意外だったな。覇気の強すぎるこの男が苦手だったけど、今回のことで少し見直したよ。人間にはいろんな面があるということか。

国王はカーツをじっと見てからうなずいた。

「その言葉、覚えておこう。これからもカルミンのよき友でいてくれ」

「それは頼まれなくても……」

生意気ともとれるカーツの言葉に臣下たちは肝を冷やしたが、バルトス国王は満足そうにうなずいていた。

俺は気になっていたことを訊いてみる。

「陛下、このペガサスはどうしたのですか？　こんな生き物がいるなんて知らなかったなあ」

だが、返ってきた答えは意外なものだった。

「何を言っている。これは伯がくれたチョコレートエッグに入っていたのだ」

「え？　て、ことは……」

「うむ、余のファミリアである」

国王ってば、ちゃっかりレアファミリアを引き当てていたのか！

「それにしても、サイズが大きすぎません？」

このペガサスは軍用馬くらいの大きさだぞ。たった数カ月でここまで育ったの？

「はっはっはっ！　こいつの成長が楽しくてな、夜な夜なダンジョンの奥で訓練をしておったのだ」

きっと、一般人には知られていない秘密の入口でもあるのだろう。それにしたって成長しすぎじゃないか。きっと強引なレベリングをしたに違いない。

「ふふふ、いい毛並みだろう？　まだ余を乗せて飛ぶところまではできぬが、それもあと数カ月のことだろう」

ペガサス
精霊系ファミリア。
翼を持つ、天翔ける天馬。

俺は呆れてしまう。

「まだ、成長させる気ですか？」

「当然だ。だいたい、伯の恋人の冥竜ほど育ってはおらぬわ」

「あれは規格外ですから」

「うむ。余がこの世で唯一恐れる人物だからな」

この国王をしてミシェルは恐ろしい存在なんだ……。

「女好きで知られた余ではあるが、呪いの魔女殿にだけは手を出せん。ある意味、伯のことも尊敬しているぞ」

えーと、嫌味にしか聞こえないっす！

カルミンがペガサスの首筋にそっと手を伸ばした。ペガサスは嫌がらず、カルミンの好きなようにさせている。

「ほう、セイヤが余以外に体を触らせるとは珍しいな」

「この子、セイヤっていうんだ」

カルミンが撫でると、セイヤはブルブルといななきながら首筋を擦りつけて甘えてきた。

「えへへ、あーしはカルミンだよ、セイヤ」

バルトス国王は目を細めてその様子を眺めている。

「セイヤに乗ってみるか?」

「いいの?」

「もちろんだ。さあ、おいで」

バルトス国王は颯爽とセイヤに跨るとカルミンを引き上げた。

「ではいくぞ」

「うん」

父と娘を乗せてセイヤは勢いよく駆け出した。慌てた家臣たちも大急ぎでその後を追って走って行く。

うん、親子の距離が少しだけ縮まったな。ファミリアがその懸け橋になってくれたのが、俺には嬉しかった。


実りの秋は過ぎ、寒い季節の足音がしてきた。冷たい風が落ち葉を舞い上げているが、学院の子どもたちは元気だ。

両学院とも期末試験が迫っている。カーツたちは椅子に座り、ホットドクトルペッパーをちびちびやりながら試験勉強をしていた。

「実技は得意だけど、筆記試験は解ける気がしないんだよな……」

文句を言いながら問題を解くカーツにカルミンのチェックが入る。

「そこ、間違ってるよ。ベラドンナの抽出に使うのはアルコールとマッシャー石ね」

「げっ……。カルミンって頭がいいよな。見かけはあれだけど……」

「それ褒めてるの？　それともけなしてる？」

カルミンが国王の娘とわかっても、四人の関係は変わっていないようだ。それを見て俺は安心したけど、いちばんホッとしているのはカルミンなんだと思う。

四人はいろいろな出来事を乗り越えてさらに成長している最中だ。

成長と言えばファミリアたちも大きくなったな。ゴートのホークは風に乗るのがうまくなった。飛翔速度も格段に上がってきている。

キッカのルーフは表情が大人びてきたぞ。最近になってついに風魔法を使い始めたそうだ。まだそよ風くらいしか吹かせられないけど、いずれはなにがしかの攻撃魔法が使えるようになるだろう。

カーツのホーガンも一回り以上大きくなったなあ。筋肉はますます盛り上がっている。先日、報告書を持ってきたナカラムさんと偶然出会い、意気投合していた。二人でポージング合戦を始めたときはびっくりしたよ。

ナカラムさんはサナガさんに依頼して、ホーガン用の棍棒をプレゼントしていた。これは武器にもなるし、振り回せばトレーニングにも使えるそうだ。

それからカルミンのマーガレット。カーツたちの危機を報せて以来予知はしていないけど、ずいぶんとおしゃべりになった。

「ヤハギ、おはよう」

「ヤハギ、雨音がワルツに聞こえるわ」

「ヤハギ、情欲は勝利者のいない争いよね」

その発言は朝のあいさつにはじまり、詩的になり、含蓄の深いものに及ぶ。そして、たまに誰もいない空き地を見つめてこんなことも言う。

「あの子、誰かしら？　ほら、こっちに手を振っているあの子。ヤハギなら見えるでしょう？」

見えません！　俺の千里眼とマーガレットの能力とでは微妙に差があるようだ。

とにもかくにもこのように、ファミリアたちだって成長している。成長していないのは俺とスアマくらいかな？

あと二年もすればカーツたちは卒業して、それぞれの道を歩み始めるだろう。だけど俺は変わらずにここに残ると思う。

それはそれで悪くない人生だ。世の中にはいろんな人がいるのだ。その場にとどまり続ける者がいたっていいじゃないか。それに駄菓子屋というのはそういう場所であるべきだと俺は思う。

「ヤハギ、春には元気な赤ちゃんが生まれるわ。よかったわね」

マーガレットが唐突に未来を予言した。それは晴天の霹靂だ。衝撃に貫かれた俺は頭の中が真っ

ヤ
駄菓子屋ヤハ

白になってしまった。

「赤ちゃんって、まさか……俺の？」

マーガレットは初めて俺の質問に答えてくれた。

「ええそうよ。マシェーリはかわいい女の子よ。お父さんも鼻が高いでしょう？」

鼻の奥がツンとして、溢れ出る涙が止まらなくなってしまった。

「ユウスケっち、今のって……」

話を聞いていたカルミンの声も震えている。

「そういうことらしい。俺、父親になるんだな……」

カーツとゴートとキッカが一斉に立ち上がり、おめでとうと言ってくれた。やばい、子どもたちの前だというのに涙が止まらないや。

そこへ学校からミシェルが帰ってきた。

「ただいまぁ。え、ユウスケ、泣いてるの!?」

ミシェルは何事かと周囲を見回した。だが、周りにいるのは満面の笑みをたたえる子どもたちだけだ。

シャツの袖でゴシゴシと涙を拭いた。これから大切な話をするのにみっともない姿は見せたくない。俺はこれから夫となり、父にもなるのだ。

「ミシェル、今夜は久しぶりにデートをしよう」

「え、いきなりどうしたの？　すごく嬉しいけど……」

ミシェルは全身がぐにゃんぐにゃんになっている。今からこれでは、プロポーズしたときはどうなってしまうのだろう？　まあいいか、俺がしっかり支えればいいだけのことだ。

「今夜は大切な話があるんだ。まずは美味しい料理でも食べに行こうよ」

カーツたちは歓声を上げたが、気を利かせて赤ちゃんのことは黙っていてくれている。肩のスアマも緊張しているのか、いつもより体を硬くしていた。

冒険者メルルの日記　8

ルガンダダンジョン前広場は朝から人でごった返していた。それもそのはずだよ。だって今日はユウスケさんとミシェルさんの結婚式だったのだから。

ルガンダの住民だけじゃなく、周辺の領主や人々もわざわざやって来て、二人のことを祝福していた。それくらいユウスケさんがみんなに慕われているってことなんだろうね。

私とミラは新婦付き添いということで、朝からミシェルさんのそばにいた。いつもは黒い服ばかり着ているミシェルさんが純白のドレスを着ているのが新鮮だったなあ。ミシェルさんは控室でもずっとソワソワして落ち着かない様子だった。

「私が白いドレスを着るなんておかしくないかな？　いっそ黒のウェディングドレスの方が……」

「大丈夫、大丈夫。とっても綺麗だから。これならユウスケさんもミシェルさんに惚れ直すこと間違いなしだよ」

「でも私は呪いの魔女よ……」

「そんなふうに考えないでください。今日のミシェルさんは呪いの魔女というより聖女といっていいくらい綺麗ですから」

ミラと二人掛かりで勇気づけてあげたよ。それでもミシェルさんの不安はどんどん増大して、けっきょく勇気を出させるためにあんず棒を三本も食べさせたくらいだった。

結婚式はすてきだったな。ミシェルさんを迎えたユウスケさんは本当に幸せそうだった。

「世界中の誰よりも綺麗だよ。ミシェルがいちばんだ」

何の飾りもない誉め言葉だったけど、ユウスケさんが言うと嘘には思えないんだよね。きっと心の底からそう思っての言葉なのだろう。結婚なんて興味はなかったけど、あれはちょっと羨ましかったな。

感動したミシェルさんが声を上げて泣き出してしまったので、今度は落ち着かせるためにミニミニコーラを一本食べさせることになったけどね。

鎮静効果のあるミニミニコーラはギャンブルに熱くなる私の常備薬なのだ。常に持ち歩いていて正解だったよ。

誓いのキスをして再び泣き出したミシェルさんを見て、私もミラももらい泣きしてしまった。観衆の中には『よく泣く花嫁だ』なんて笑っていた人もいたけど、これまでのことを考えればミシェルさんの涙も仕方のないことだと思った。

ユウスケさんはミシェルさんのために国王軍と大立ち回りをしているのだし、ミシェルさんはミシェルさんで、いつだって命懸けの恋をしてきたのだ。

二人は本当に信頼し合える相手を見つけられたんだね。それは何よりも素晴らしいことで、この世では滅多に見られない本物の奇跡だと思う。

私にもそんな奇跡がおこるのかな？　私だけじゃなく、私の仲間たちは今後どうなっていくのだろう？

ミラはユウスケさんへの思いを断ち切ったようだ。今は恋のことなんて考えず、ルガンダでカフェを開くために貯金を頑張ると言っている。

リガールは……。実はリガールに『好きだ』と告白されてしまった。いきなりだからびっくりしたよ。つい先日までかわいい弟みたいに感じていたんだけどなあ。

でも、リガールもたくましくなったよね。戦闘も上手になったし、なにより魔法が強力になってきている。ちょっと口が悪いところもあるけど、基本的に優しいし……。

うーん、告白されてから妙に意識しちゃうんだよなあ。よくわかんないけど、とりあえず付き合ってみようかなって考えている。これからどうなるであれ、お互いのことをよく知るのはいいことだもんね。うん、少しだけ浮かれている自分を自覚しているよ。

マルコとティッティーは相変わらず仲良しだ。姉の結婚式を目の当たりにして、ティッティーもその気になっているようだ。もちろんマルコだって前向きだ。

そうそう、ガルムはルガンダの警備隊長に就任した。チーム・ガルムはそのままルガンダ警備隊になるそうだ。ここも人口が増えてきたのでしっかりと街を守ってもらいたいものだ。

人生って本当にわからないものだね。王都でガキみたいに私と張り合っていたガルムがここで公務員になるなんて想像すらしていなかったもん。

「良くも悪くも人は変わるさ。メルルだってわからないぞ」

「私？」

「たとえば、将来はルガンダ冒険者ギルドのギルドマスターとかさ」

ユウスケさんはそう言って笑った。私の夢は雑貨屋さんを開くことだったけど、そんなポジションも悪くない。良くも悪くも人は変わるのだ。

この街はまだまだ発展していくだろう。他の街との違いはその中心が駄菓子屋であることだ。よその地域の人から見れば、ちょっと不思議なことかもしれない。

でも私は、世界に一つくらいそんな街があってもいいと思う。そして私はそんなルガンダが大好きなのだ。

エピローグ

　マシェーリが生まれて最初の冬がやってきた。俺は相変わらず王都とルガンダを行ったり来たりしていたが、学院は冬休みに入った。しばらくは子育てに専念するつもりだ。

　赤ちゃんというのは好奇心の塊みたいなものだな。ハイハイであらゆるところを探検して両親を冷や冷やさせている。言葉を覚えるのも早く、最近ではおしゃべりも活発になってきていた。

「バアバ！」

「だから、私はバアバじゃないって！　ティッティー姉さまと呼びなさい！」

　マシェーリにバアバと呼ばれたティッティーが腹を立てている。さすがにバアバは酷いと思うけど、九カ月の乳児に無茶なリクエストをするものだ。性格はだいぶ丸くなったのだがティッティーのこういうところは健在のままである。

　そのくせ、二日とあけずに遊びに来るのだから不思議なものだ。これまで気にも留めていなかった赤ん坊に触れ、すっかり夢中になっているようだ。

「ンママ、ンママ」

　とうぜんティッティーをお姉さまと呼ぶこともなく、マシェーリはスアマと遊びだした。

スアマも成長して、団子くらいだった体は大福くらいの大きさになっている。マシェーリはスアマが大好きでしょっちゅう一緒にいるのだ。スアマの方もマシェーリが好きらしく、なにかにつけて様子を見に行く。一緒にプルプルしている姿はいつ見ても微笑ましい。

「こうして見ると、やっぱりユウスケによく似ているわね」

スアマと遊ぶマシェーリを見てミシェルが目を細めている。

「顔は俺に似ているかもしれないけど、魔力の波長はミシェルに似ているんだろう？　俺にはよくわからないけど」

「そうね。でも、あの子の方が潜在的な魔力は強い気がするわ。きっと、私よりもすごい魔法使いになると思う」

それは頼もしいけど、少々怖い気もするぞ。親子喧嘩が勃発したらルガンダが吹き飛んでしまいそうだ。

座敷でお茶を飲んでいたマニさんがうなずく。

「顔だけでなく性格はヤハギに似ているようだな」

「さすがは神様。そんなこともわかるの？」

「そりゃあ、あの子たちの会話を聞いていればわかる」

「会話？　誰との？」

マニさんはスアマと遊ぶマシェーリを指さした。マシェーリはスアマとプルプルダンスをしているだけで会話なんてしていないぞ。さてはマニさん、また正気を失っているのか？

「おん？　ヤハギにはスアマの声は届かんのか」

え、本気で言っているの？

「あれで会話になっているの？」

「うむ、さっきからマシェーリはこの世の王にならないかという誘いを受けているのだ」

「はあ!?」

「世界平和のためにひと肌脱いでほしいようじゃな」

とんでもないことになってるじゃないか！

「安心せい。マシェーリはそんなのは面倒だ、私はここでのんびり暮らすんだと言っておるから。ヤハギの娘らしいのぉ。ほっほっほっ」

「でも、どうしてスアマがそんなことを!?」

「あれは主神に仕える天使、セラフェイムの化身じゃよ。本当は主であるヤハギを王にしたかったようだが、お主は性格的に不適格とわかったのじゃろう。それで娘を口説いたのだが見事にフラれたようじゃ」

スアマが天使の化身？　わけのわからん存在だとは思っていたけど、とんでもないものが正体だったな……。

「あの天使様、大福みたい、とか言われて怒ってないかな？」

「ぜんぜん気にしていないのぉ。ここでの生活を心底楽しんでいるようだ」

それはよかった。

「ところで、どうしてマシェーリとスアマが会話できるんだよ？　俺だってしたことがないのに」

「そりゃあ……なんでじゃろ？　忘れてもうた……」

マニさんは本当に忘れてしまったの？　それともすっとぼけている？

「パアパ！」

足元に這い寄ってきたマシェーリがパンツの裾をひっぱった。

「はいはい、抱っこだな」

抱き上げるとマシェーリはキャッキャと声を上げて喜んだ。

「マシェーリは世界の女王様になるのは嫌なのか？」

「マンドクセッ！」

こいつ……。マシェーリは両手をあげて笑顔で全力否定である。

俺は娘の将来にどうしようもない不安を感じるよ。だがそんなことでヤキモキするのだって父親の特権なのだろう。嬉しいことも悲しいことも全部受け入れて進んでいくしかない。

これからもこの子とミシェルと友人たちに囲まれて、泣いたり笑ったりしながら俺は駄菓子屋を続けていくつもりだ。

巻末付録
駄菓子屋ヤハギ
オススメ商品
ピックアップ!
カルミン
あーしと一緒に
駄菓子をみていこうよ!

★★★★★

チョコレートエッグ（ファミリアシリーズ）

★★★★★

使い魔《ファミリア》の入った卵型のチョコレート。
開封した人は中に入っている使い魔を使役できるようになる。

〈値段〉
300
リム

ヤハギ

またとんでもない商品が発売になったぞ。
仕入れても、仕入れても、
即完売になってしまう……

魔笛ラムネ

中央に穴の開いたラムネ菓子。口元に当てて吹くと音が鳴る。
音につられてモンスターがやってくる。
おもちゃ付き。

〈値段〉
60
リム

メルル

罠を張って、魔笛ラムネで
大量の魔物をおびき寄せるんだよ。
一網打尽で一攫千金!
目指せ、魔笛ラムネ御殿!!

★★★★★

フルーツガム

★★★★★

ひと箱に四粒入った風船ガム。オレンジ、グレープ、
いちご、メロンの四種類がある。ガムを膨らませると三秒間だけ、
わずかに体が浮き上がる。当たりくじ付き。

〈値段〉
20
リム

カルミン

あーしの大好物だよ。
特にメロン味が好きなんだ

ミルキ～ボ～ロ

サクサクしているのに、
口の中に入れた瞬間にサーッととけていく不思議食感。
食べると防御力が上がる。継続時間は一粒につき三十秒。

〈値段〉
20
リム

メルル

ササッと食べて、即効果が表れるよ。
ポリポリポリポリ、
ついつい食べすぎちゃうのが困りもの

ミントス・ミニ

ミント味のチューイングキャンディー。
イチゴ、オレンジ、レモンの三種類。
食べると風魔法が強化される。

〈値段〉
30
リム

ミラ

ただのスパイラルカッターが三枚刃に大変身!
ミントの風味も加わって
攻撃魔法が爽やかになっちゃいます

折り畳みオペラグラス

箱型の折り畳みオペラグラス（四倍）。
魔力による手振れ補正効果あり。

〈値段〉
340
リム

カーツ

あ〜……、いろいろとよく見えるんだ。
その……、
キッカやカルミンには内緒だぜ

パラソル型チョコレート

パラソルの形をしたチョコレート。
食べ終わったステッキ部分を振ると、古の魔法使いの服装に変装できる。
効果は三十分。

〈値段〉
50
リム

ミシェル

いろんなコスプレが楽しめます。
今夜はどんな服でユウスケを驚かせようかな?
お姫様?　それとも古の聖女かしら?
私のお勧めはやっぱりネクロマンサーね!

シゲキEX

酸味の強いグミ。
目の覚める刺激で煩悩を振り払う。

〈値段〉
100
リム

カーツ

迷ったときはこいつを噛みしめる。
煩悩退散!　煩悩退散!　煩悩退散!
煩悩退散!　喝!!

あとがき

『駄菓子屋ヤハギ　異世界に出店します』の四巻をお買い上げいただき、ありがとうございました。

この巻にてヤハギの物語は完結でございます。最後までお付き合いくださった読者のみなさまに、特別な感謝を申し上げます。

また、この本の出版に携わっていただいたみなさま、イラストレーターの寝巻ネルゾ先生、出版社の方々に感謝申し上げます。


この物語を書き始めてからのおよそ二年間、大人になってからこれほど駄菓子を食べた経験は初めてでした。

取材という名目で駄菓子屋へ行き、端から大量の商品をカゴに入れることもしばしばでした。大人買いの私に向けられる、羨望と奇異の入り混じったキッズたちの視線が痛かったです。

しかも、商品を睨みながら「このお菓子の効能は……」などと妄想をたくましくしつつ、あまつさえメモまでとっているので、傍から見ればかなりヤバめの不審者だったことでしょう。

ご心配をおかけしたお店や保護者の方々、怖がらせてしまった子どもたちに特別なお詫びを申し上げます。

とはいえ、取材は楽しかったですね。場所が記憶を呼び起こし、忘れかけていた子どもの時代の思い出も次々とよみがえりました。

私は幼い頃、東京都杉並区の荻窪という町に住んでいたのですが、よく行く店がありました。子どもたちから『わた屋』と呼ばれる店で、足しげく通ったものです。

わた屋さんは、本来は布団屋さんだったのでしょう。おばあさんが一人で経営されていたようです。

駄菓子は扱っていなかったのですが、各種のくじ、駄菓子屋に置いてあるオモチャがそろっていました。

スーパーボール、おもちゃのくじ、組み立て式のグライダー、ロケット弾、各種のカード、などなど、お小遣いを握りしめてはわた屋さんに走ったものです。

そういった記憶が取材中や執筆中に何度も頭の中によみがえりました。すばらしき少年時代における、陽の記憶です。

もちろん陰の部分も同時に思い起こされましたが、胸を刺すトゲは年齢と共に痛みも減りつつあります。良くも悪くも記憶は風化するようであります。

どうせ人間はいつか死にます。過去を大事にすることは悪くありませんが、囚われすぎるのもよくないのでしょう。私はいい思い出しか残さないことにしました。

グーグルマップのストリートビューで確認しましたが、さすがにもうお店はなくなってしまったようです。半世紀近く前のことですから、それも仕方のないことですね。
人生には悲しみが溢れています。ですが、思い出の店の記憶はいつまでも暖かく、輝いておりま
す。みなさまにとって（私にとっても）駄菓子屋ヤハギが想い出の店になれば、これにまさる喜び
はございません。
さあ、駄菓子屋ヤハギもそろそろ閉店のお時間です。読者のみなさま、また違う物語でお会いし
ましょう。それまでお元気で！

長野文三郎

あとがき

SDキャラ制作など初めての経験が多くとても刺激をいただけました。

作者様、編集部様、そして読者の皆様、
改めまして一年と少しの間ありがとうございました！

寝巻ネルゾ

Mr.ティン
ill.詰め木
万魔の主の
魔物図鑑
最高の仲間モンスターと
異世界探索

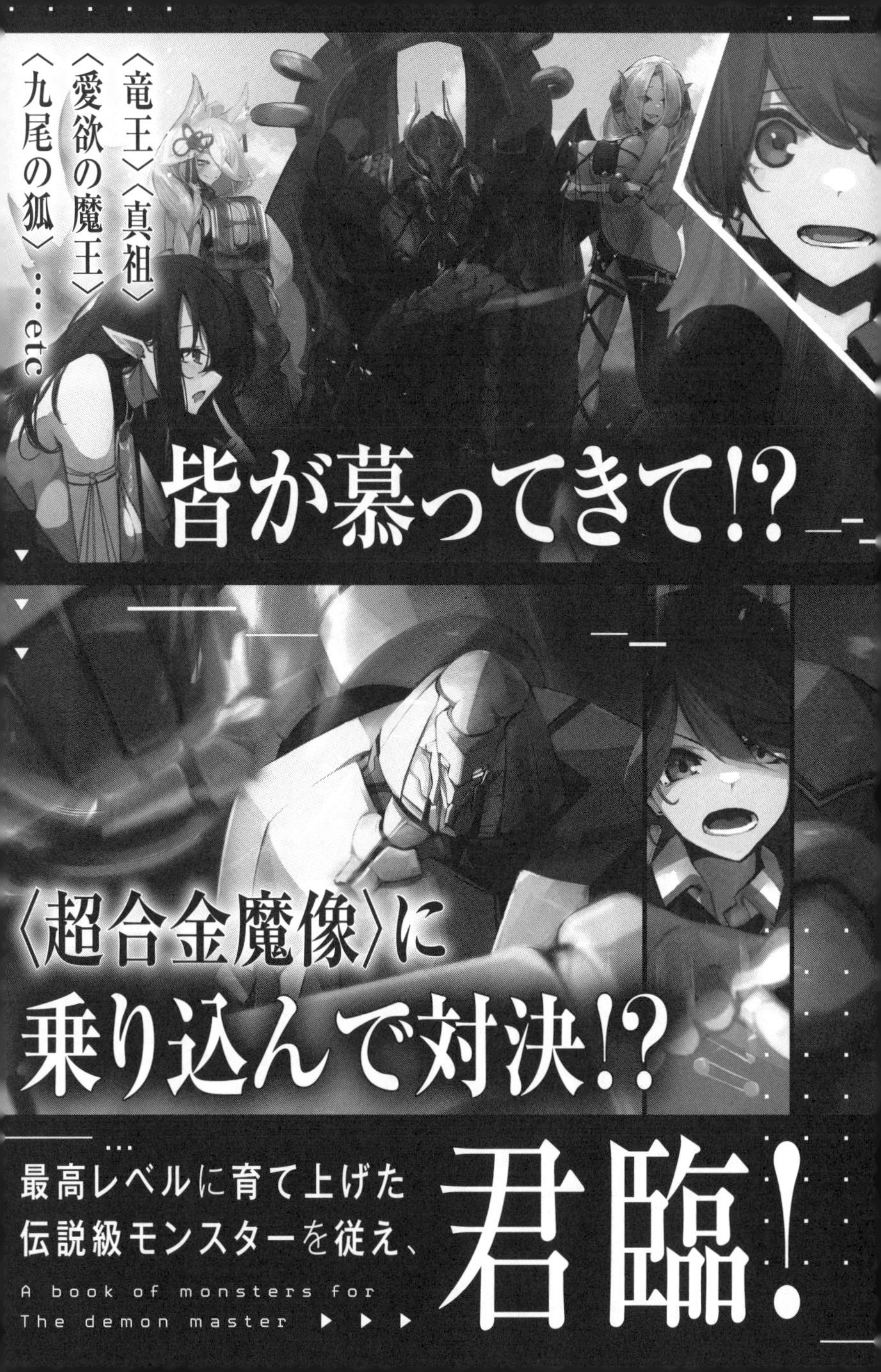
〈竜王〉〈真祖〉
〈愛欲の魔王〉
〈九尾の狐〉…etc
皆が慕ってきて!?
〈超合金魔像〉に
乗り込んで対決!?
…
最高レベルに育て上げた
伝説級モンスターを従え、
君臨!
A book of monsters for
The demon master

EARTH STAR
LUNA
異世界の荒野に転移していた元ＯＬの宮瀬《みやせ》木乃香《このか》は、
最上級魔法使いラディアルに拾われ魔法研究所に居候することになった。
なんとなく研究所で過ごすうちに召喚術に適性があると判明する。
〝大きい〟〝強い〟〝外見が怖い〟の三拍子そろった
使役魔獣が良しとされるなか、木乃香はペット感覚で
ちいさな使役魔獣を次々と召喚していく。
使役魔獣の能力だけではなく
木乃香自身の魔法力も規格外、
――という自覚もなく
色々とやらかしてしまい……!?
こんな異世界のすみっこで
ちっちゃな使役魔獣とすごす、ほのぼの魔法使いライフ
シリーズ好評発売中!
1巻特集ページはこちら!
いちい千冬
Illustration 桶乃かもく

尋常ではない召喚陣の輝き――

子鬼、子犬、小鳥、子猫、ハムスター。
ちっちゃいけど能力は桁違い!?

ほのぼのするけど、
いろんな意味で
規格外!?

もふもふとむくむくと
異世界漂流生活
メイドなら当然です。
濡れ衣を着せられた
万能メイドさんは
旅に出ることにしました
転生して
ハイエルフになりましたが、
スローライフは
120年で飽きました
駄菓子屋ヤハギ
異世界に出店します
ドイツ軍召喚ッ！
～勇者達に全てを奪われた
ドラゴン召喚士、
元最強は復讐を誓う～
偽典・演義
～とある策士の三國志～
生まれた直後に捨てられたけど、
前世が大賢者だったので余裕で生きてます
ようこそ、異世界へ!!
EARTH STAR
NOVEL
アース・スター ノベル

EARTH STAR NOVEL

駄菓子屋ヤハギ　異世界に出店します ④

発行 ―――― 2023年9月15日　初版第1刷発行

著者 ―――― 長野文三郎

イラストレーター ―――― 寝巻ネルゾ

装丁デザイン ―――― AFTERGLOW

発行者 ―――― 幕内和博

編集 ―――― 佐藤大祐

発行所 ―――― 株式会社アース・スター エンターテイメント
〒141-0021　東京都品川区上大崎3-1-1
目黒セントラルスクエア　7F
TEL：03-5561-7630
FAX：03-5561-7632
https://www.es-novel.jp/

印刷・製本 ―――― 中央精版印刷株式会社

ISBN 978-4-8030-1838-7